捧 读

触及身心的阅读

长安未知局

秦岭秘闻

刘菜 著

贵州出版集团
贵州人民出版社

图书在版编目（CIP）数据

长安未知局. 秦岭秘闻 / 刘菜著. -- 贵阳：贵州
人民出版社，2024.4

ISBN 978-7-221-18290-6

Ⅰ.①长… Ⅱ.①刘… Ⅲ.①长篇小说 – 中国 – 当代
Ⅳ.①I247.5

中国国家版本馆CIP数据核字(2024)第073280号

CHANG'AN WEIZHIJU · QINLING MIWEN

长安未知局·秦岭秘闻

刘　菜　著

出 版 人	朱文迅	
策划编辑	张进步	
责任编辑	徐楚韵	
装帧设计	莫意闲书装	
责任印制	刘洪鑫	
出版发行	贵州出版集团　　贵州人民出版社	
地　　址	贵阳市观山湖区中天会展城会展东路SOHO公寓A座	
印　　刷	宝蕾元仁浩（天津）印刷有限公司	
版　　次	2024年4月第1版	
印　　次	2024年4月第1次印刷	
开　　本	880毫米×1230毫米　　1/32	
印　　张	7.5	
字　　数	175千字	
书　　号	ISBN 978-7-221-18290-6	
定　　价	39.80元	

目　录

撒豆

不平人

幻人

怪诞虫

魇镇尸

石卵

我看到很多石球是埋在地里面的，就像植物大战
僵尸里的土豆地雷一样。可这个矿洞里除了石头什么
都没有，地面也是石面，怎么可能……长出石球？

1　来自三年前的消息

张洋是我的高中同学，大概三年前失联了。失联前他给几乎所有同学都打过电话——借钱。我也借给了他两千，之后就再没见过他。

就在前几天，我突然又得到了他的消息。

那天晚上，我正在家里拍蚊子，突然听到衣柜里有响声。我拉开柜门，发现声音是从一个纸盒里传出来的。这个纸盒我从大学时候就在用，多年来一直带在身边。纸盒里放的是一些用不着但又不好扔的小玩意儿，比如别人送我的生日礼物之类。

我抽出纸盒，打开盖子，一个旧手机正在里面嗡嗡地震动。

这个手机我已经几年没用过了。我还记得当时我的手机掉进了厕所，我去补办新电话卡的时候，柜台告知充二百元话费就可以送一部新手机，就是眼前这部杂牌手机。但我只用了两三个月，手机就开始花屏——并且时不时会自动关机，然后我就换成了现在这部手机。因为旧手机里面存着个人资料，所以我也没扔掉，一直装在这个盒子里。

响声来自旧手机的闹钟。我怎么也想不起来，为什么三年前我会定一个晚上十点多的闹钟。关了闹钟，我顺手翻了翻手机，看到一条未读短信，是张洋发来的。

他说："帮我取个东西。"

短信接收的时间是 2014 年 5 月。我想了想，似乎恰好就是我换新手机那段时间。如果我没记错的话，换了手机后我就再没见过张洋。

已经三年了。这三年有同学因为借给他的钱比较多，通过学校的学籍信息找去了他老家。张洋家在陕北老区的农村。他们去了才发现，张洋的家人也找不到他。而且他家里人早已经报了警，却也没什么用。农村里每年都有几个人失联，有的过几年会突然回来，有的家人会出去找，有的就再也见不到了。失联者的家人除了偶尔想起来哭一阵，也没有办法。

去他家的同学们看到那种情况都很难受，便凑了一点钱送给老人，后来渐渐都放弃了寻找张洋。

从我旧手机收到的信息来看，我很可能是他失联前最后联系的人。抱着某种试探的心理，我给他回了一条短信。

"你这几年去哪了？"

本来也只是试探，所以短信发出去后，我放下旧手机，继续拍蚊子。拍完蚊子我又看了会儿书，到十二点睡觉前，我最后看了一眼旧手机，发现他还是没回我，也就放弃了。

我那晚莫名其妙地怎么也睡不着。一直到半夜起来上厕所，我突然发现那部旧手机还在纸盒旁放着。鬼使神差地，我拿起那部手机进了卧室，将现在正在使用的手机 sim 卡拔下来，装在了上面。

这两部手机用的其实是同一个号码。我也不知道当时我为什么要这么做，反正就迷迷糊糊地又给他发了条短信："取什么东西？"然后躺下，一直到三点多才睡着。

2　失联的同学让我找东西

我一觉睡到中午，醒来还有点迷糊，看到枕边放着两部手机才想起昨晚的事。我拿起旧手机按了一下，看到电量还剩 1%，正想解锁它就自动关机了。但关机的那一刹那，我眼角的余光看到手机下方有一个红色的"1"。似乎是短信提醒。

我立刻清醒了，起床去楼下买了个匹配的充电器，给旧手机充上电。充了一会儿，手机才重新打开。张洋果然回了我的短信，但内容极其简单。

"钥匙。"

他只回复了我这两个字。不仅不提他这几年的事，就连去哪取钥匙都不说。让我有一种仿佛在和聊天机器人对话的感觉。

我给他回复了一条长长的短信："你这几年去哪了？怎么谁都联系不上你？咱班同学还去你家了，你也不回家看看？"我想了想，怕他再不联系我，继续打字，"钱的事都不叫个事，人活着没啥过不去的坎。你看开点，有啥难事大家帮你想办法嘛。"

短信发出去，我又猛然想起没问他取钥匙的事，于是补发了一条："什么钥匙？去哪儿取？"

发完短信，我下楼去吃饭。这段时间他仍然没回复我，我也就只好去工作。这一整天，我有好几次忍不住想给他打电话，或者再发条短信，最后都怕他再次消失，便忍住了。

还好我今天的工作不复杂，不至于因此出岔子。

我的工作间就是我家厨房。厨房的墙上钉了几排陈列架，放着许多我的小收藏，各种焊枪、机器零件、动物骨骼标本，等等。因为厨房通风好，我也不做饭，加上客厅和次卧早已被我的各种收藏堆满，厨房也就成了工作的最佳场所。

当然，收藏只是我的爱好，不是工作。我的工作是经营一家淘宝小店，接各种小发明、DIY的定制订单。前些年一直没什么生意。后来有一个网名叫"白兰度"的找我做一个东西，一单付了我三万块钱，我才辞职在家专门做淘宝店。

但我其实只有白老板一个大主顾。他给我介绍过几个客户，都没他那么大方。我也就只能勉强混口饭吃。还好家里给我买了套房子，我才可以这样生活。

我现在做的工作，也是白老板的订单。他让我帮他做一把泡泡枪，但有几点要求。一是可以单手使用，二是泡泡要有黏性。我问怎么个黏法？他说得黏成一面泡泡墙。我有点犯难，他却说价钱随便开。于是我提了最后一个问题：泡泡墙需要硬度和韧性吗？他说不用。

这单活最难的是找到做泡泡的材料。最近一个月，我几乎所有精力都花在研究和测试材料上了。今天的工作同样是测试，但测试了几次，还是失败了。

我叹了口气，放下泡泡枪，关灯出了厨房，下楼去吃晚饭。

回来我研究了一会儿各种发泡材料。一直到晚上，张洋还是没回我短信。旧手机花屏一次，自动关机一次。我有点烦，把手机卡又换回新手机里，就去洗漱睡觉了。

第二天醒来，我看了看手机，仍旧没有他的短信。那一瞬间我坐在床边上，突然有点迷茫。好像在路上叫住一个人，又发现是自己认错人了一样。

吃过午饭，我无心工作。正想把旧手机收起来的时候，突然想到一种可能性。我一向想到什么立刻就会去试试看。于是双手迅速地拆下电话卡，插进旧手机里，开机。

片刻之后，手机发出一声悦耳的轻响。我一阵惊喜，他果然

石卵

回复了我。只是不知道为什么，只有在这部旧手机上才能收到他的短信。

这次他发给我一个地址。我一眼就认出来，这是他以前租房的地址。我们俩大学毕业后都在长安生活。几年前我就受其他同学委托去过几次他家，那里已经人去楼空。几年了，现在恐怕住户都换了好几茬。

可我猛然又想到，难道从几年前起，那间房子就没人住过？甚至……张洋一直在里面？

我被自己瞬间的想法吓了一跳。恰在此时，手机又响了。我急忙打开新短信，里面内容同样简洁："报箱。"

3　我的老板是太平人

我明白过来，他的意思是钥匙在这个地址的报箱里。可这把钥匙是哪的钥匙？我越想越觉得怪异，最后决定还是去看看。

张洋以前住的地方，在长安北郊的龙首村附近。那有所大专学校，叫铁路职业技术学院。张洋就是从这毕业的。本来学校会分配毕业生到铁路上工作，他当初报这所学校也图这个。但按学校和单位签的协议，工资只有两千来块，而且他常年得待在荒僻的道班里。才干了一年他就受不了，辞了职。可单位不放人，扣下了他的毕业证。

他年轻气盛，直接从单位跑了。回到城里自己找工作，也只能找到销售一类的事做。后来女朋友要求他买房，否则就不跟他结婚，两人纠缠了两年，终究还是分了手。

所以我和其他同学都怀疑过他是为了买房借钱，但那会儿大家年轻，都穷。借给他的总共也就三四万，以现在的房价看，这点钱连交订金都不够。

我有两年没来过龙首原了。附近有许多老小区，大都是各个国企的家属院。这些老小区的楼看起来都差不多，外墙斑驳，爬山虎疯长。张洋住的那个小区叫长安市 ×× 三公司二号家属院。虽然叫家属院，可实际上只有一栋楼三个单元，没有门卫，楼下有一道还没单元门大的红色小铁门供出入。

这道门几年前我来时就是坏的，这次来发现还是坏的，也没人修一下。张洋的地址我本来也知道。进了三单元上六楼，左边墙上果然有一个报箱。报箱是木头做的，上面还写着"阳光报"三个字。可能因为纸媒行业不景气，报箱居然看起来比这个小区还要老。

报箱上挂着一把小小的锁。我透过报箱盖子的缝往里面瞅，果然看到一把钥匙。锁很结实，手头没什么工具，左找右找只找到我家小区的门禁卡。我费了好大的劲，才用卡把钥匙扒出来。

这把钥匙看上去普普通通，钥匙柄连皮套都没有，显然不是现在的防盗门钥匙。我看了一眼张洋以前住的 601 室，那是一扇老式的门。我犹豫一下，还是走了过去。

钥匙只能插进去一半，正当我扭了两下，想使劲的时候，门突然开了。

有人出现在我面前。其中一男一女似乎是一对夫妻。男的很警惕地看着我，皱眉问："你干吗呢？"

我有点尴尬，没想到这里已经住了一家人。我该怎么解释……

此时门里出来了第三个人，我的目光突然被他吸引住了。

那个人穿着一件很特别的衣服，像是工服，又像是雨衣或者披风，衣服上还印满了各种奇异的符号。

这件衣服独一无二，但我却无比熟悉。因为那是我做的。当初为了做这件衣服，我还请了一位长安美院毕业的版画师朋友，用美柔汀做了铜版。而提供这些符号图案的人，正是"白兰度"白老板。

"白老板？"

白老板白白胖胖的，戴着一副黑框眼镜，看不出年龄。他的眼中闪过一丝疑惑，接着似乎明白过来："八斗？"又对那一对夫妻说，"这是我的助手，来接我。"

那两人一听到白老板的话，表情立刻恭敬起来，连我刚才捅他家门似乎都忘了。我心里好奇，朝屋里看了一眼，只看到一面很丑的电视墙。

白老板继续对那两人说："已经处理好了，我先告辞，再有什么情况联系我就可以了。"

那两人连忙道谢，白老板则拎着手提箱下楼了。

"八斗，去喝点东西？"

我们在附近找了一家茶馆。白老板其实应该是马老板。路上聊天我才知道，他的真名叫马龙，白兰度只是网名。马老板点了熟普，然后不紧不慢地洗茶泡茶，似乎故意想让我干着急。

"马老板。"我终究还是忍不住问了出来，"你到底是做什么的？"

"什么都做，文化创意，广告营销，品牌策划……"

"别骗我了，你找我做那些东西，哪一样像是做生意的？"

马老板笑着给我倒了一杯茶，说："我也没说那些东西是用来赚钱的嘛。我找你做的，都是玩具。"

"你刚穿的那件雨衣也是？"

马老板没接这句话，他给自己也倒了茶，喝了一口，突然说："八斗，你胆子大吗？"

我被他问得一愣，说："还行吧……"

"那你相信神神鬼鬼的事吗？"

"不信，我是受过马列主义教导的唯物主义者。"

"那我可就直说了。我刚才也没骗你，我的工作比较杂，什么都干。你比较好奇的那一部分，就是帮人处理一些怪事。"

我瞪大眼睛，突然反应过来："你是个道士啊？"

"不，我也是唯物主义者。非要说的话，这个职业有一种称呼，叫'太平人'。"

"太平人……寿？跟卖保险的似的。那你是有特异功能？"

马老板摇了摇头。

"那你会法术？"

他还是摇头。

"那你凭啥呀？"

"大胆假设，科学求证。"

我被他一句话噎住，好一会儿才继续问："再没点别的？"

他居然认真地想了想，说："相信科学。"

我在心里给马龙打上了"富二代神经病"的标签。正想着要不要走，他突然问我："你今天去那儿干什么？"

反正也没有什么好隐瞒的，我就把张洋的事大致给他讲了一遍，问他怎么办。

马老板说："等他短信，按他说的做。"

"你不给我解释解释为什么旧手机才能收到短信？不会有什么危险吧？这事这么古怪，你就不给我作个法？"

"手机不用管，这事也不会有危险，相信科学。"

"什么科学？"

"他是你同学，还欠你钱，怎么会害你呢？这还不科学？"

4　同学让我去石器厂

不过仔细想想，马老板说得也对。张洋人挺好的，无论他经历了什么，我也难以相信他会坑我。况且他也在短信里说了，找我是为了帮忙。

晚上回到家，我没再管泡泡枪。因为马老板说那真的是他想要的玩具，和工作没关系。现在，他最感兴趣的反而是张洋的事。

我给张洋回短信说钥匙拿到了。这次我整夜没睡，因为他每次回短信都是在凌晨四五点，我想等等看。

五点多的时候，手机突然响了，果然是他的短信。这次短信长了一点，但我仔细看的时候，才发现短信长是因为他又发来一个地址。

"这是我家的钥匙，我在长安买了房。你来我家再帮我一个忙。过了十二点来。进门直走。"

短信再后面就是地址。奇怪的是，在地址的最后面，写的不是什么小区名，而是一个名叫三合的石器厂。这个石器厂位于平安区。长安从南三环外到秦岭北麓，基本都属于平安区。但比较繁华的地方，也就只有三环往南的十几公里，再远都算城郊了。

长安南郊到秦岭有许多村镇，其中有几个石器厂很正常。可张洋明明说自己买了房，为什么给我一个石器厂地址？

我在胡思乱想中迷迷糊糊睡着了，一直睡到下午三点才被饿醒。手机我睡前就充上了电，这会儿电量是满的。我揣上手机，下楼吃了一大碗油泼面。泡泡胶材料我委托了朋友继续改进，回来没工作可干，就又睡了会儿。

晚上十点多，我吃过饭，开车从太白南路出发，往城南驶去。

太白南路是长安南郊的主干道之一，每天早晚高峰都很堵，我故意等到十点多出门，没想到还是堵了好一阵。到达张洋所说的石器厂时，已经十二点了。

这里早已没有路灯了，四下一片黑暗。只有石器厂那边的院子里，立着一根木杆，杆顶上有一盏白炽灯，灯上还有一个锅盖形的灯罩。因为灯罩的缘故，灯光只能照亮院子里一片椭圆形的地方。这块地方摆着几堆条形的石砖，和马路牙子用的那种砖差不多。还有一些石雕石碑之类的玩意儿。至于其他地方，则只能看到模糊的阴影。

停车时，车大灯照亮了一片地方。那里堆放的是几排数十个石球，每个石球都摆在底座上。我对石头没什么研究，看样子像是大理石的。这种石球在许多小区、公园和广场都能见到，平常得不能再平常。

我熄了火，打着手电下车在附近走了走，才大概搞清地形。我停车的地方，是从县级公路拐到一条土路，再走大概几百米的一块空地。按照导航，这是平安区滦镇下属的一个村子。准确的定位则要稍微偏移一点，是不远处一排五间简陋的平房。居中的平房门侧挂着一块长条木板，写着"三合石器厂"五个字。这几间平房想必就是石器厂办公的地方。

至于那片空地，比我想象的要大很多。厂子没有围墙，空地上堆着各种石器。黑暗中我看不到远处，因此也不知道这里究竟有多大，只能通过一丝微弱的天光，看到远处黑黢黢的秦岭山脊。

5　他住在石球里？

院子里只有一条路。我沿着路大概走了一个小时，凭感觉应该走了四五公里。一路上我都在胡思乱想，甚至好几次想扭头开车回家。可就在胡思乱想的过程中，我已经越走越远。走得越远，就越不会放弃。不是不愿意，而是思维已经固定在了前方，根本想不到回头。

凌晨一点半，我终于停下来了。因为前面已经没有了路。

在微弱的月光下，我隐约感觉眼前是一座小土山。小土山下面有扇门，不是农村旱厕的那种破门，而是锁嵌进木头的那种家里用的门。一阵复杂的感觉涌上我的心头，难道就是这里？

我掐掉烟头，从兜里摸出钥匙，心里暗暗下定决心。如果这把钥匙打不开门，我立刻回头。

我捏着钥匙往锁里插，插不进去。然后我下意识把钥匙翻过来往里插，甚至我都没想能不能插进去的事，就轻轻扭了一下。

咔哒一声，门开了。

我情不自禁地喊了一声："我为什么要把钥匙翻过来……"但门已经打开了。

我咬咬牙，走了进去。门里面比外面更黑。我用手电往四周照了照，发现这好像是一个矿洞，洞顶和墙壁上有加固用的木桩。但我看不出来这是个什么矿。

这时我想起来，张洋说进门直走。钥匙能开的门，自然就是他说的门。那么直走就是说从这儿走下去。

我深呼吸了两下，确定空气没问题，往前走去。

黑暗中我也不敢走太快，一边走一边得注意脚下。好在矿洞里的路很平坦，而且空间也还算宽敞，走板车问题不大。

走了大概半小时，我终于到了矿洞尽头。凭感觉，我应该已经走过了那座小山包。现在可能在秦岭的某条支脉里。秦岭北麓有七十二峪，是长安人最喜欢的避暑地。但实际上峪口数不胜数，山头更是无数，偶尔还有徒步进山的驴友失踪在无人区里。

我看了一眼手机，已经两点多了。如果我一直走下去会走到秦岭山里，那我打死都不往前走了。

之所以这么想，是因为矿洞看不到尽头。

我的周围是宽敞的山洞，手电筒的光照不到洞顶，不知道有多深。来之前我怎么也想不到会是这样的景象，带的也只是普通的手电。手电光照到十几二十米外，就被黑暗淹没了。前方同样是黑暗，什么都看不到。我不知道这里究竟有多大，不知道前面到底有什么，也不知道我还要走多远。

最离奇的是，面前没路了。我面前的空地和石器厂外一样，堆着许多石砖和石球。我猜这里大概是那家石器厂采料的地方。但这些石砖形状没有那么规整，石球也没有底座，就那么静静地躺在地上。

以我对采矿不多的了解，矿上是会用到炸药的。可这里离长安城说近不近，说远也算不上远，怎么可能允许炸山。

还有一点不同，这里的石砖石球，不像石器厂外那样码得整整齐齐，都是不规则摆放的。我几乎不知道该怎么按张洋所说的直走。恐怕在看不到山壁的情况下，走一百米就会迷失方向。

我有点犹豫要不要继续走，今天的事太诡异了。

就在这时，我的手机响了，是短信提示音。我摸出手机正想解锁，旧手机却突然花屏了，把我吓了一跳。我暗暗骂了张洋两句，耐着性子重启手机。那部手机的开机声音很大。伴随着噪声，屏幕上出现"艾力信手机"五个彩色的字，在纯白色的刺眼背光中跳动着。焦急中，我又骂了几句这个叫艾力信的。

好在手机还有信号，我打开短信，果然是张洋发来的。

"看见我你就认出来了，帮我擦下窗。"

我突然升起一股无名火，骂骂咧咧地拨他的电话。可电话明明打通了，这王八蛋就是不接。我气得一把将手机摔在地上。国产手机也真是牛，摔得都弹起来了，竟然屁事没有。

我又抽了支烟，冷静了一会儿。张洋既然每次都是凌晨回我短信，那我现在给他发信息，他应该也能回才对。这么想着，我给他回了一条短信："WDNM。"

这是我们以前一起联机打游戏时常用的梗，可以看作骂娘，也可以看作是亲切的问候。我原地坐下来等了半天。没收到他的短信，但我火气也消了。

"人生啊。"我自言自语地轻轻念叨，"大过年的，都不容易，孩子还小，来都来了，去他的。"

我决定继续往前走。为了保证方向正确，我打开了手机自带的指南针小工具。矿山里万一有磁场，会不会对手机指南针造成影响我也不知道。总之还是那句，来都来了，去他的。

越往前走，我越觉得古怪。一开始我以为，矿洞口那里的石砖石球，都是采了石料，加工成型再往外运的。可越往山洞里走，我越发现好像不是这么回事。因为山洞很深的地方有着更多的石球。以成本来说，这根本没有必要。更重要的是，我看到很多石球是埋在地里面的，就像植物大战僵尸里的土豆地雷一样。可这个矿洞里除了石头什么都没有，地面也是石面，怎么可能……长出石球？

我看着指南针走，方向应该没有错。因为走的是直线，这个山洞左右有多大我完全不知道，甚至无从想象。我可能又走出去了几公里。如果有足球场那样的大灯，照亮这个至少有数平方公里的山洞，我会不会在地面上、山壁上、洞顶上，看到无数的石球，就像无数的卵，沉睡在孕育它们的伟大"子宫"中？

我已经想不起来张洋了，也没注意到除了石球，其他石器都看不到了。我满脑子都是关于石头的乱七八糟的幻想，甚至还想到石器厂的老板像是"石农"。在这里种出石头直接就可以卖钱，真是好生意。

当我脑袋昏昏沉沉地停步时，已经是凌晨四点。我的面前出现一堵墙。手电筒的光此时已经变得微弱，根本照不到左右和上方的尽头。不知道这是山洞的尽头，还是里面的一块巨石？绕过它的话，会不会还有更广阔的山中世界？

脚步停下来，我才重新想起张洋的短信："看见我你就认出来了。"这是什么意思呢？我怎么可能认不出他？难道他是说，我此行的目的地，看到他我就认出来了？还是不对。这奇怪的表述让我觉得，张洋仿佛在让我寻找某种不可理解的信号，比如直觉，然后跟着直觉到他家里去。

可这样的破地方哪有什么家？这么大块石头，难道底下镇压着张洋？我已经无数次幻想过张洋借钱买房被骗的情景。我只希望他还安全，我能带他离开。

然而站到石壁前再想起那句话时，我发现那种直觉出现了。从第一眼开始，我就被石壁吸引住了。那上面有着不规则的天然纹路。不是石纹，而像是某种昆虫爬行的痕迹。那些线条在手电光的映照下，时明时暗，粗细也因阴影而不断变化，异常漂亮。就好像是一棵经历了古老岁月的参天大树，渐渐开始腐朽。树皮干裂，变得斑驳……没错，这块巨石的表面就像是树皮，而不是硬质的石头的表面。

我情不自禁地伸出一只手抚摸上去，发现它们几乎就和泥皮一样，一碰就碎，哗啦啦掉了一地。

泥皮后面露出了几个石球的局部，就像刚冒出莲子的莲蓬，

石卵

或是被剖开的石榴。最中间的那个石球，我第一眼就觉得，这就是张洋想让我看到的东西。所有石球的形状、表面的纹理和画面一瞬间涌入我的脑海。它们每一个都和其他的看似相同又全然不同。而我面前的这一个，仿佛冥冥中有一个声音正在告诉我，就是它，就是它！

与此同时，我的手机又响了。还是张洋的短信。

"谢谢。"短信里只有这两个字。

一瞬间，我浑身的汗毛都竖了起来。

这就是他买的房子？他家？谁卖给他的？他住在哪儿？

我颤抖着手，拨出了他的电话。先响起的是忙音，大概一秒之后，声音从我面前的石球里传了出来。

"大王叫我来巡山，我把人间转一转……"

本来搞笑的歌词，在黑暗又巨大空旷的山洞里响起来，让我又是一阵浑身发冷。我心中还有一丝希望，希望张洋能接起电话和我说点什么。但我最终等来的，却是"您呼叫的用户暂时无法接听"的提示音。

6 加入未知局

我已经有点想不起来我是怎么走出来的了。只记得一回到车上，我一口气喝掉了不知放了多久的半瓶矿泉水，然后就放倒座椅睡着了。一直睡到饿醒，又去溵镇吃了饭。问了几个当地人，才知道我那晚所在的地方大概在白石峪附近。

后来我给马龙说了这件事，问他有没有什么办法。马龙对我说的事没有一点怀疑，说科学的精神要求我们实事求是，有没有办法要去看看才知道。

我俩花了半个月时间，最终只找到了三合石器厂，那个小土包却不知所终，更不用说什么门。后来马龙有其他工作要忙，也就不再陪我寻找。只说找到的话先别进去，等他来。

　　我找了一段时间，渐渐也有点怀疑自己是不是做了个梦，终于还是放弃了。

　　好在那把钥匙还在我手上，这提醒我一切都是真的。钥匙也被我放进了那个纸盒里，成为我的收藏品。我没有对其他同学说起张洋的事。假如真如他所说自己在长安买了房，那他应该挺满足的，其实也挺好的。

　　只是我偶尔在小区或公园里再看到那种石球，就浑身发寒。里面会不会也有一个人？甚至有几次我做梦，梦到了无数座中空的山。山壁和地面上密密麻麻全是石球，既像是某种未知生命的卵巢，又像比山还要巨大的章鱼在蠕动布满颗粒的皮肤。

　　每次我都被吓醒，不得不靠动漫或电影转移注意力才能继续睡着。

　　我后来完成了泡泡枪的发明。马龙专程上门来看货，顺便还参观了一下我家的脏乱差。他对泡泡枪很满意，突然问我，愿不愿意给他当助手，我说不愿意。

　　他又说一个月两万，我就改口说愿意。也就是从这一天起，我才发现这个世界，原来有着那么多不为人知的奇异事件……

石卵

孤山

　　我们面面相觑，庙里只有两间几十平方米的小屋。
整个山顶也不过就是几百平方米的空地，一览无余。
什么叫找不着路了？

1　车胎被扎了

夏日炎炎，气温高达三十几摄氏度。我、王天宇、李晓军还有范平却被困在了山顶。

山的名字叫孤山，位于陕西省榆林市府谷县孤山镇的镇郊。孤山的山顶有座庙，叫作七星庙。我们从七星庙里出来，走到车跟前准备走，先走到车门边的范平嘟囔了一句："这是咋回事？"

李晓军负责开车，刚打开车门，就听到范平问他："咋回事？"

我也走到了范平的身边。他蹲在地上，右手指着车轮胎问我们："这是什么？"

黑色的车轮胎有一小块变成了白色，看起来似乎是糊上了什么脏东西。

王天宇也蹲下来，伸手摸了摸轮胎上白色的那一块，脸突然就黑了。

"这是怎么扎进去的？"

这时候我也看清了，轮胎上那块白色的东西像是一块木头，半个巴掌大小，嵌进了轮胎之中。怪不得他脸黑，这辆车是他跟老丈人借的。

李晓军是湖南人，才拿了驾照不久，一路上都是他自告奋勇当司机。听完王天宇的话他皱起了眉头，说："不应该啊，我怎么一路上一点儿感觉都没有？"

范平说："别是这村里的闲人干的吧？"

王天宇望向远处。那边有一个塑料帆布搭起的凉棚。凉棚位于上下山唯一的路口旁边，我们刚到山顶的时候就注意到了。凉棚背对路口，因此我们只能看到它的侧面，看不到里面有什么。凉棚外面有一棵树，两个又黑又瘦、光着膀子的年轻小伙坐在树下的地上，也在看着我们。

我说："感觉这两个小伙不像好人。"

范平说："又没惹他们，凭什么扎咱们轮胎啊？"

我说："地痞闲得'蛋疼'，想欺负人还要什么理由？"

我和王天宇是老乡，都是陕北人。他大学毕业后家里托关系给他在市里找了个协警的岗位，平时对付最多的就是地痞。这时候他有点儿上火，打开后备箱，摸出一根甩棍来，就准备往凉棚那边走。

李晓军一把拉住他："别招惹他们了，不值得。我去找个修车的，该多少钱我来。"

"这话说的。"范平接过话道，"要掏钱也是咱们一起。一路上一块儿过来的，你这是不把我们当兄弟啊。"

说话时，王天宇已经走到凉棚边的树下。我们几个都跟在他身边。好在王天宇把甩棍揣进了裤兜，要不然肯定说不了两句话就得打起来。

那两个小伙一个是龅牙，另一个头发是自然卷。两人看我们走过来，竟然主动跟我们打招呼："你们是哪里人？"

李晓军笑着说："我是湖南人，他们几个都是陕西人。一个榆林的，两个长安的。"

我在长安生活了这些年，连同学都忘了我老家在哪儿了。

那两个小伙笑了，是那种农村人常见的腼腆的笑。自然卷有点儿不理解似的问："你们专门跑孤山上来看庙？"

李晓军说："大学同学结婚，路过这儿就顺便看看。网上推荐的旅游景点。"

王天宇已经忍不住了，语气生硬地问："我们车咋回事？"

龅牙的小伙也一点不怕，也斜了一眼王天宇："啥咋回事？"

"车胎咋被扎了？"

"反正不是我们扎的。"

"就你们在外面，不是你们还能有谁？"

"那谁知道，说不定是河龙王不让你们走。"

范平好奇地问："河龙王是什么？"

我给他解释："是黑龙王。这边的方言把黑念成河。"

王天宇脸色已经变了，上前一步正想开骂，被范平拉住了。

"黑龙王又是什么？"

龅牙小伙指指我们身后的棚子，说："就是它。"

我们回头，发现那个帆布凉棚竟然是个灵棚。

2　黑龙王不让走

灵棚正中间向外的位置摆着一张木头小桌。小桌连一点漆皮都没有，看起来很简陋。桌上放着一只铜香炉，两个粗瓷海碗。香炉里歪歪斜斜地插着三支香，青烟袅袅。碗里放着瓜果花馍，似乎已经不太新鲜了。

离奇的是，灵棚中却没有棺材，甚至连死者的遗照都没有。香炉后面，是一块木制的牌子。牌子上画着既像符箓又像笔画的线条，看不懂是什么意思。

"供个黑龙王还要搭灵棚，第一次见。"我问王天宇，"你们榆林都这样？"

他说："我没听说过。"

范平问龅牙小伙："黑龙王不让走是什么意思？"

那个小伙尴尬地笑了笑，露出了不知道怎么解释的表情。

我拽了一下王天宇，扭头往车那边走去。

我们俩都是本地人，自然都明白那两个小伙话里的意思。往小了说，他们是说我们流年不利运气不好；往大了说，就是我们"鬼打墙"了。走到车跟前，我给范平和李晓军解释完，又蹲在车轮胎旁边，伸手去摸扎进车轮胎的白色木片。

我用手指抠住木片，一拔，竟然把木片拔了出来。轮胎里已经没什么气了。因为那块木片上有细细的槽，既像木头的年轮被拉成了直线，又像匕首的血槽，所以轮胎泄气很快。木片一边薄一边厚，竟然意外地沉，重量绝对不是一块木头能有的。

一种怪异感突然涌上我的心头。

我把木片拿给范平他们看："你们看这玩意儿……像不像一颗牙？"

李晓军瞪大了眼睛："别吓我。大白天的我冷汗都出来了。"

范平接过木片看了看："不过确实挺像骨头一类的东西。"

王天宇嗤之以鼻道："胡扯呢，啥东西能把车胎啃出个窟窿，还掰断一根牙？"

我说："不知道，不过我老板可能知道。"

说完，我掏出手机给车胎还有那块"牙"拍了照片，把照片连同一些七星庙的图都发给了马龙，把事情也简单地跟他说了一下。马龙很快回复说晚上查了资料后再联系我。

范平是法院的书记员，还算理性。他分析道："这东西明显

孤山   023

不是金属，想要扎进轮胎里也不容易。用锤子钉的话，咱们在庙里肯定能听见。我估计这事和那两个小伙没关系。"

我点点头，同意他的判断。再说那两个小伙也不是地痞的样子。真混混往往对自己做的坏事很坦诚。

王天宇愤愤地把甩棍放回车里，说："唉，也别管是谁扎的了，算咱们倒霉。找个修车的把车胎一换，赶紧走。这破庙这辈子再不来了。"

3　突然出现的城门洞

我们商量了一下，最终决定由我和王天宇步行下山，去镇上找人来修车。李晓军和范平在山上看着车，避免再出什么事。

上山的时候，我们开车走了二十多分钟。山路窄而破旧，很不好走。山腰上像梯田一样，开出了一大片平地。在山路上，就能看到平地上有许多民居，大多是窑洞。不知道山顶那两个小伙的家是不是就在这儿。

我和王天宇走到这个村子花了半个多小时。等走到镇子上，一看表已经过了两个多小时。我们俩都累得够呛。打听到镇上有一家修车铺子，走到时却发现已经关门。我们问了修车铺的邻居，都说老板怕老婆，到饭点就回家了。要了电话打过去，老板一听车在孤山上，就让我们找别家去。

但我们一打听，发现全镇只有这一家修车铺。王天宇垂头丧气，我又打了几个电话哀求修车铺老板，最后他连电话都不接了。

此时太阳已经西斜。范平发来信息，让我们上山的时候给他们带饭。我们俩也饿了，随便找了家饭店吃过，带着打包的饭又往山顶走去。

天渐渐黑下来。满耳都是日暮时夏虫的鸣叫声。绿色的树在最后一丝天光中，慢慢变成了黑色，然后天彻底暗了下来。我们俩已经几乎看不清山路了，只能用手机的光照着往山上走。

走到山腰的村子，前面突然出现一个山洞。我明明记得这条路就是我们开车上山又走下来的路。怎么会有山洞呢？山洞的上方，隐约还有一块牌子。手机的光照不到那么远，不知道牌子上写着什么。

"这咋办？"王天宇问我。

我说："管他呢，反正走上坡路就行了，迟早到山顶。"

"往哪儿走？"

上山的路上有不少岔路，但我确定我们现在走的路是对的，王天宇的想法想必也和我一样。眼前要往高处走，只有进山洞一条路。

我往山洞里走去，没几步眼前又开阔起来。原来所谓山洞，只是类似城门洞一样的地方。陕北自古就是汉民族和游牧民族的交界处，打仗频繁。许多村镇都叫某某堡。烽火台、城垛、城门之类的遗迹很常见，不算稀奇。

原来只是因为天黑，我们俩误以为是个山洞而已。

王天宇也放心了。过了城门洞，前面的路看起来没什么奇怪的。路边除了千篇一律的草树，再没有其他东西。

走到山上，黑暗中突然又出现了光。那个灵棚里，亮起了昏黄的灯光。我们俩才走了几步，就听见范平叫我们。

"天宇，老刘！"

原来他坐在灵棚旁边。

我们俩走过去。灵棚里坐着两个老头，仍然又黑又瘦，一个龅牙一个自然卷。棚子里点着蜡烛，还有一把驱蚊的艾蒿袅袅腾起青烟。老头眼神木然地看向我俩，让我觉得有点诡异。

范平说："这是白天那两个小伙的爹。你们俩怎么才来？"

王天宇喘了口气坐到地上："下山都走了快两个小时，上来能有多快？"

范平吃着盖浇饭，一边嚼一边说："那也不至于啊，你看现在几点了？"

为了节省手机电量，我早关了手机。王天宇掏出手机一看，说："九点半？我们俩竟然走了六个小时？"

范平嚷嚷道："你以为呢？要不是这两位老爷子，我得饿死在山上。"

还好自从跟着马龙工作，他一直强迫我健身。王天宇是警察，身体素质也过得去。要不我们俩能不能走到山上怕都不好说。

卷发老头突然用鼻音浓厚的方言说："唉，真是河龙王不让走了。"

4　小山头上迷了路

"啥意思？"我问，"啥叫黑龙王不让走？"

龅牙老头抽着烟锅，翻了个白眼说："就是河龙王不想让你们走的意思嘛。"

我和王天宇对视一眼，发现他的眼神里也全是无奈。难道真的是鬼打墙了？

这时我突然注意到，李晓军不在，就问范平他去哪儿了。

范平说："老爷子给我们俩送了吃的。庙那边黑咕隆咚的，我就到这边聊天。晓军说来都来了，多看一次都算赚的，到庙里玩儿去了。修车的呢？"

王天宇说："人家嫌远呢，死活不来。咱们得在山上凑合一晚了。"

龅牙老头说："镇上有招待所，再不行到我们家住一下？"

范平吃了人家的东西，连连说好。王天宇却看了他一眼，不接话，显然把车留在这儿不放心。

我说："先叫晓军出来吧，给他打个电话。"

王天宇拨通电话，片刻之后，他的脸色变得怪异起来。

"晓军在庙里。"他说。

范平问："怎么了？让他出来啊。还恋恋不舍了？"

"他说他……找不着路了。"

我们面面相觑，庙里只有两间几十平方米的小屋。整个山顶也不过就是几百平方米的空地，一览无余。什么叫找不着路了？

卷发老头喷了一声，露出老年人嫌孩子不争气的表情："唉，就是河龙王不让走嘛。你让他先耍走啦！"

王天宇斜了他一眼，显然很不信任老头，扭头往庙那边走去。

"咱们找晓军去。"

我和范平只好跟上。

七星庙我们白天已经来过。庙很小，围墙上有一道木门，进了门是前庭，穿过去有一个小院子。上几级台阶，就是大殿。大殿名叫无梁殿，旁边的牌子上介绍说，这是因为庙是砖石结构，无梁无柱。大殿里没有隔间，砖结构的圆形穹顶下，左右和正中摆着几尊颜色鲜艳的神像。地上摆着几个蒲团，此外再无他物。大殿外面，左右有两座石塔，不是佛教的灵骨塔那种圆形塔，而是飞檐挂角、白墙黑瓦，五个面都方方正正、有棱有角的，像城阙一般的塔楼。

就这么大点儿地方，出入也只有一道门。我们三个人竟然找了个遍也没找到李晓军。不说庙里面，就连石塔里面都去过了，根本没人。何况我们一直大喊他的名字，只要在庙里，总该回应一声才对。给他打电话，他还能接通。我们这才知道李晓军说的庙不是七星庙，而是旁边的城隍庙。

可旁边哪儿有什么城隍庙？李晓军甚至给我们指了路，说七星庙后面有一道门。可我们找过去，却只看到一堵墙。

范平有点慌了，问我："怎么办？"

我说："先问问那两位老爷子吧，毕竟人家是本地人。放心，我老板专门就干这个的。我也问问他。"

我们从庙里出来，走到两个老人身边。说了情况，他们说，让李晓军待在原地别动弹。要是进了野梢林就真的出不来了。等天亮再说。

王天宇嘟囔道："微信开个位置共享不就完了，我还真就不信了。"

范平说："跟着定位走到山崖边怎么办？"

王天宇又嚷："我飞过去行不行？"

"你们俩闭嘴吧。"我从刚才出了庙门，就一直在看手机。马龙给我发来了很长一段信息。这时候听他们俩嚷嚷也有点儿烦了。我打断他们，问两位老人："老爷子，咱们这儿不是供黑龙王吧？应该是开地门供飨食？"

5　开地门供飨食

卷发老人笑了："你这个娃娃知道的还挺多。"

范平和王天宇问我什么意思。

我说："古人说七月是鬼月，初一开地门，初二开天门，十五酬神，晦日普度。意思就是初一阴间开门了，鬼要来世上，所以要给它们飨食，不要祸害人。七月十五是一年中阴气最重的时候，也要拜祭。直到七月结束，地门关了才算过去。"

范平一惊一乍："这你都知道？真有鬼啊？"

"有没有鬼我不知道，反正是我老板跟我说的。"

"那晓军的事咋办？"

"我老板说让他原地等天亮。咱们入乡随俗，去庙里拜拜。今儿晚上有点邪门，等天亮再说。"

王天宇将信将疑道："你老板干吗的？有用吗？"

"你放心，他专业得很。"

卷发老人接话说："你老板还可以，不过说得也不对。开地门供飨食应该在家里供，七月十五也是庙里开醮，没有摆灵堂的。我们供的确实是河龙王。"

我从王天宇兜里摸出一包中华烟，殷勤地给两位老人递去。龅牙老人却推开了烟，说："我烟锅抽惯了，有啥你问他。他是我们村的马童。"

所谓马童，在陕北有点像阴阳先生或者神汉，就是神仙代言人的意思。

卷发老人点起烟，看了一眼王天宇，才说："你们想走，就拜拜河龙王。去不去我们家随便。但是拜河龙王，都得去。要不然河龙王不高兴。"

王天宇意识到老人在说他，想发火，被我用眼神制止了。

我问："就在这拜？"

"等天亮，去河龙潭拜。"老人又瞄了一眼王天宇，"这儿有香纸，不用你们掏钱。"

给李晓军打了电话让他休息。我们几个也回到车上睡觉了。

我把卷发老人的话发给马龙，马龙也说去拜一下再找人修车。

天刚蒙蒙亮，老头就把我们叫醒了。我们下车，看到老人手里提着一个塑料袋，袋子里放着香纸。

"走吧，先找你们朋友去。"

我们跟着老人下山，拐上一条小路。弯弯绕绕走了大概两公里，天大亮时，竟然来到了昨晚我和王天宇经过的城门洞。城门洞上的牌子原来是块石板，模模糊糊刻着字，但已看不清了。过了城门洞，一座砖筑的门楼出现在眼前。门楼上的牌匾写着"地天有别"四个字，旁边还有一块碑，写着"城隍庙"。老人推开门，带我们进去。

城隍庙很小，室内只有不到五十平方米。李晓军正缩在地上，枕着蒲团在打呼噜。

范平上前，推醒李晓军，问他："大半夜的你一个人走了这么远？"

李晓军醒来，还有点儿迷茫，问："多远？"

我和王天宇则自从进了城隍庙就一直闷闷的，不知道说什么。我们明明记得，昨晚这个城门洞跨在路上，前后什么都没有，怎么现在冒出一座庙来？如果李晓军昨晚在庙里，那我们上山是从他身边经过，还是从他身上踩过去的？

李晓军从庙里出来，也露出了不可思议的表情。按照他的印象，门楼外走不远应该就是七星庙的围墙，墙上还有后门。昨晚他从城隍庙出来，只是找不着后门而已。可现在看到的，却是山上的荒地。甚至那块碑他昨晚都没看见，他昨晚还拿着手电看了看，城门洞上写的就是"城隍庙"三个字。字迹很清晰，完全不是现在的破败模样。

老人说："甭说了，走！拜河龙王。"

6 黑龙的脚指头

我们跟着老人重新往山上走。一路上气氛很沉闷，大家被昨晚的怪事弄得都不知道说点儿什么。我把拍的城隍庙照片一股脑都发给了马龙。他又发给我一些资料，说自己大概猜到是怎么回事了，等我回长安再说。眼下我应该做的是好好拜拜黑龙王，还要注意安全。

老人带着我们爬上山顶，来到一个土台子。我通过马龙发来的资料，已经知道孤山镇原本叫孤山堡，是明朝的延绥三十六营堡之一。那个城门洞应该是瓮城的遗址，而眼前的土台子，则是烽火台。

烽火台是附近最高的地方。站在上面，连绵的群山似乎都变成了平地。无数沟壑像是朽木的裂纹，不知经历了多少岁月。天空的明朗颜色在地平线沉淀成黑蓝，显得那里空气好像很稀薄。但又有一层薄薄的雾霭沿着山脊晕染开来，甚至让我觉得有点儿不真实。

已经想不起多久没见过这么壮丽的景色了，我确实太宅了。看看范平他们，几个人都目驰神迷，显然也是城市里待得太久，被这高原上的景色打动了。

老人把塑料袋放在地上，先掏出一个袋子，捧出两捧小米放在地上；又拿出黄表纸，捡来一块石头压住；最后拆开一把香，递给我们一人三支，让我们点着。

我们在小米堆前站成一排。老人深吸一口气，突然开始唱歌。声音沧桑，歌声神秘而苍凉，既像信天游，又像咒语或者祷告。就连王天宇这个本地人，后来都说听不懂他唱的是什么。

唱完，老人指挥我们拜了三拜，将香插进小米堆里，然后点燃了黄表纸。我们几个人就静静地看着黄纸燃烧。

我问："老叔，这就好了？"

"等烧完。"

李晓军好奇地问："这是什么风俗？"

老人答："山上要防火。"

我一笑，觉得这位老人很可爱，问他："黑龙潭在哪儿，怎么看不见？"

他说："你看见的都是河龙潭。"

黑龙王在西北很多地方都有人祭拜，甚至很多地方压根就没有水潭。但拜黑龙王的地方，都叫黑龙潭。

范平也说出了疑惑："这儿没有水潭啊？"

老人拎起塑料袋说："不知道，反正旧社会的时候起，就都这么说。你们先叫人修车。"

王天宇给修车师傅打电话，没想到师傅已经在路上了。

我对范平说："沧海桑田懂吧？珠峰上还有贝壳呢。现在没有水潭，以前可以有嘛。"

"那黑龙呢？"

老人这次准确地回答了："孤山就是河龙的一根脚趾。"

我们面面相觑，都觉得这条龙也太大了。那尺寸估计能把月亮当球玩。

7　地天有别

但我没想到，马龙的判断和老人的话惊人地相似。

那天拜完黑龙，一切事情都变得很顺利。我们换了轮胎，然后几乎没停就到了榆林市。一路上我一直在和马龙聊天，他也补充了自己关于鬼月的说法。

马龙先问我："你知道颛顼吗？"

我说知道，三皇五帝里的高阳氏嘛，屈原的祖宗。

马龙说："颛顼是黄帝的孙子，打败共工才继承了政权。"

我记得小时候看过动画片，问他："打共工的不是祝融吗？然后撞倒了不周山，接着女娲补天？"

他说："年轻人没事多看点儿书。《淮南子》和《列子》里的女娲补天都没共工的事。《淮南子》还专门写了颛顼打败共工。直到东汉的王充才把这两件事放在一块，编成了动画片里那个故事。颛顼统一华夏后，和九黎，创九州，绝地天通。"

"啥玩意儿？"

"《尚书》，《周书吕刑篇》。你手机百度一下就能看到。回来我得给你列个书单补补知识……你先听我说完。创九州就是划分行政区域，这个不说。九黎是南方的少数民族，信奉巫教，整天折腾巫术。颛顼就断了天地的通道，让神当神，人当人，好好种地，该干吗干吗。这就是绝地天通。"

"这和七星庙有什么关系？"

"城隍庙的字不是你发给我的？"

我翻了下照片，问他："地天有别？"

"对，这几个字的历史恐怕比孤山堡什么的久远多了。"

"真有神啊？"

"如果换个角度理解呢？天下和地下有别。颛顼绝地通天，可能断的是阴间和人间的通道呢？城隍庙的历史恐怕比七星庙久远得多。但也不好说。七星庙可能是一座镇庙。"

所谓镇庙，就是镇着东西的庙。

"只知道杨令公和佘太君在这里私定终身，还真没听说过庙镇着东西。"

"黑龙王嘛。颛顼有二十六个儿子，其中一个叫罔两，也就是魍魉。无梁殿这个名字，可能就是魍魉讹传成了无梁得来的。"

马龙说话这么没自信，我还是第一次见。就嘲笑他："这你都能联系上？"

"确实是硬猜，不过颛顼绝地天通，总得有工具吧？用什么堵天地的通道呢？派儿子守着，也说得过去。所以呢，你们陕北人就留下了供黑龙王的风俗。鬼月开地门，你们就在人间和阴间的通道上面，鬼打墙也不奇怪。供飨食就是为了不出事嘛。"

我猛然想到老人说我们看到的地方都是黑龙潭。假如所谓黑龙潭，就是天地的通道，那么无比广阔的群山就是黑龙潭，似乎也合理了起来。只是这样的话，黑龙王或者说是魍魉……得有多大？难道真的一根指头就是孤山？那魍魉岂不是横跨了三个省？

可这样的话，那颗扎破轮胎的牙，又似乎小了一点儿。

我问马龙。马龙说："不知道，说不定是魍魉身上的跳蚤。"

"扯淡。"

马龙闲聊似的继续扯淡："传说天地的通道一是山，一是树。山叫昆仑，树叫建木。要是颛顼断了天地通道，会不会建木就变成了你们神府煤田？"

神府煤田是世界八大煤田之一。府谷县就位于煤田上。但整个煤田就是个树桩子，也实在太匪夷所思了。

我被他逗笑了，说："老板你真行。"

其实这些纯粹属于我们两个人的闲聊，和我们在孤山的经历并没有什么关系。从我们工作的角度看的话，真正对这件事有用的办法，其实只有那一句"入乡随俗"。

"这是经验，经验也是科学。"马龙如是说。

我把他说的讲给范平他们几个听。他们都说真是就怕骗子有文化，这人太能诳了。我也没给他们解释，我老板除了看书多，其他方面也还是有两下子的。

而那颗"牙"，被我带回了长安，成了我们公司的猫——灰尘的玩具。

撒豆

　　我鬼使神差地推了一下箩筐。我本想看看下面是不是还有什么，没想到一碰之下，密密麻麻的褐色甲虫从绿豆里钻了出来，到处爬，仿佛那些豆子本来就都是甲虫一样。

1 楼上的怪声

我们公司位于长安南郊的一栋写字楼里。房子是马龙的，面积还挺大。因为这里原本是马龙的私人工作室，所以装修并不像一般的公司那样有专门的办公区。好在面积足够，公司的几个人都有各自的房间。马龙专门开辟了收藏室、档案室、书房之类的空间，还有几个房间平时都锁着，只有马龙进去过。

马龙前几天去北京出差了。临走时给我和小巩布置了读书学习的任务。他给我的书枯燥至极，是一本二十世纪八十年代出版的彝文研究专著，书皮破损得厉害，但书名还看得清，叫作《滇川黔贵彝文单字对比研究》。

我实在想不通马龙为什么会让我看这本书。他一走，我和小巩没人监督，第二天就开始组排"吃鸡"。

我们游戏正打得热闹，马龙的电话突然打过来了。

我无奈地接起来："马爷，在北京玩得怎么样？"

"玩什么玩。我有事，还得忙几天。这有个活，我让委托人加你，你看着处理下。"

小巩叼着烟，手指在手机屏上快速滑动几下，压低声音喊我："我倒了，快拉我！"

我翻了个白眼，问马龙："什么活？"

"不知道，光说是闹鬼。我最近没时间，你问问再说。"

我还没单独出过任务，想多问马龙几句，他已经挂了电话。我把手机切回游戏，我和小巩已经变成了"盒子"。

小巩问我："你什么事？这'鸡'还能不能'吃'了？"

"老板说有活要干。"

与此同时，我的微信弹出来一条好友申请的验证消息。我点击了通过请求，对面很快发来信息："刘老师您好，我叫赵晓芳，马老师的朋友介绍我来的。"

我连忙说："不用叫刘老师，叫我八斗就行。"

就在我信息发出去的同时，她的下一条信息也过来了："刘老师，现在方便给您打个电话吗？打字……我不知道该怎么说这件事。"

我回复她可以，赵晓芳的电话几乎立刻就打了过来。

"刘老师您好。"电话里的声音倒还算平静。

我说："你好，不用客气。叫我八斗就行。其实我是九〇后。"

她仿佛没听到，自顾说道："听说你们能处理一些怪事……你会相信我说的都是真的，对吧？"

"当然，你说。"

赵晓芳安静了片刻，仿佛在回忆，然后缓缓讲道："刘老师，事情出在我家的房子里，那套房子是我和老公上半年结婚时买的二手房，为了上班路程近一些。可是装修完住进去没多久，每天半夜我们都能听到楼上传来一种奇怪的声音。一开始我们也没当回事，以为楼上的孩子在玩什么玩具。但是每天都能听到，就很影响休息，我和我老公上班都没精神。"

我的第一反应是，难道天花板有玻璃珠滚动声？这个故事有无数的小说、电影都讲过，简直堪称灵异事件的经典。本来我还因为马龙不在，有点紧张，这么一听反而有点安下心来。毕竟他带我处理过一次类似的事情。

"有没有去楼上问问？"我问她。

"我让我老公上楼去看看。结果他发现，那家住户的门都生锈了。好像根本就没人住……"

看来这套房子有古怪。我问她："有没有让物业联系业主，进去看看？"

赵晓芳的声音有一丝颤抖："找过物业了。物业说那套房子的业主是个老太太，已经去世两年了，房子也空了两年……"

我不太了解业主去世后房子的所有权应如何归属，又问："老太太没有子女吗？"

"有，老太太给物业留的紧急联系人电话就是她儿子的。可是我们打过去电话，那个人的态度特别恶劣，根本不肯帮忙……我们没办法，就让物业去我家听听看，然后再想办法。可是那天晚上竟然什么声音都没有。等到半夜，物业就走了。我们俩累了一天，也赶紧休息。睡到两点，我们又被那种声音吵醒了……"

物业没办法我倒是有所预料，否则她也没必要找到我们了。但为了让赵晓芳尽量把事情还原，我还是追问道："然后呢？"

"那天晚上，我们俩一夜没睡。然后第二天，我又去找物业。物业晚上派了人来，情况又和第一次来一样。先是没声音，等人走了我们休息之后，楼上才开始响。我们都快被折磨疯了，又叫了好几次物业，最后物业都当我和我老公是神经病，再也不理我们了。刘老师，你一定要相信我，那个老太太……不是，那个声音……就是来找我和我老公的。我已经几天没有回家了，每天只能住在酒店里。我老公的身体也越来越差，都病倒住院了……"

赵晓芳几乎要哭起来。

我想了想，继续问："具体是什么样的声音？"

赵晓芳似乎费了很大劲儿才缓过来，终于想出了一个比喻："像沙子的声音，往地上倒沙子……"

沙子？往地上倒？我想了想，从没听说过有这样的事情。不过既然声音是从楼上传来的，那自然得去楼上看看。

可能因为我半天没说话，赵晓芳又叫道："刘老师？"

"在呢。"

"我该怎么办？您能来我家看看吗？"

"我暂时还说不清楚。你稍等，我和马老师商量下，然后给你回信息。"

赵晓芳似乎有点失望，说："好，麻烦刘老师。请一定帮帮我们。"

挂了电话，我给马龙发信息，把事情大致说了一下。马龙似乎在忙，只说让我们三个带上设备，去看看再说。

"我们三个？"

马龙解释道："你们俩，还有灰尘。"

赵晓芳收到我的信息，立刻发来了定位，说在家等我们。我给小巩说了情况，让她去开车，我收拾设备。

按赵晓芳的说法，我琢磨应该是楼上或者楼板里有什么东西。可能要用到超声波探测器和离子成像仪。我们还有一台叫梅丽莎 -8704 灵魂探测仪的设备，不知道马龙从哪搞来的，反正从没见过这玩意儿能探测出什么来。我想了想，为免再跑一趟，把它也塞进了箱子里拎着，又把灰尘塞进猫包里背上，下了楼。

小巩早就在楼下等我了。我把箱子扔进后备箱，也上了车。

"去哪？"

我看了看手机，说道："上三环，去灞桥。"

赵晓芳给我发的地址，位于长安灞桥区的最东边。那附近有好多家大型的军工国企，还有配套的学校、医院等。当然，二十世纪建的老家属院也不少。到了地方，赵晓芳家果然是个老小区。门卫只收了三块钱停车费，就放我们进去了。

赵晓芳早就在楼下等着。她身材干瘦，头发有点凌乱，身上穿着普通的 T 恤和牛仔裤，显然没心思打扮。一见到我们，她就像看到救星似的迎上来，先给我塞了一包烟。我忙说戒了，先工作。小巩背着灰尘，我去后备箱拎出箱子，示意赵晓芳带路。她却还要帮我们提东西，就这么推拉着，三人一猫上了楼。

楼道里很破旧，上了五楼，左边的一户就是赵晓芳家。因为是新装修的房子，崭新的防盗门和旧楼道形成了鲜明的对比。

赵晓芳掏出钥匙开了门，我们进去。房间里的装修陈设也还算新，只是有些凌乱。她让我们坐，又忙着去倒茶。

跟着马龙做了几年太平人，各种各样的人我也算见识多了。许多人在见到我们时，基本都已饱受折磨，把我们当作救命稻草。像赵晓芳这样的殷勤表现，其实算是正常的。

来之前我已经在微信上和赵晓芳沟通过，所以一进门，小巩就先把灰尘放了出来。而我则打开箱子，安装起各类测试仪器。

赵晓芳端着茶出来，看灰尘跳上了沙发，问道："刘老师，这就是你说的神猫？"

我笑道："是它。神猫是开玩笑呢。不过灰尘确实经常能发现一些……不寻常的东西。"

小巩接话说："就是太能吃了。"

赵晓芳笑了笑，看着我们忙碌。没一会儿设备安装好，剩下的就交给小巩了。我站起来对赵晓芳说："带我去卧室看看。"

"这边。"

赵晓芳带着我往卧室走去。这时我才有空仔细观察她的家。她家的装修风格整体偏简约，家具也很普通。除了电视墙有点难看，没有什么值得留意的地方。

她家的卧室也同样如此。一张床，两个床头柜，一个梳妆台。我走了两圈，没有什么发现，于是又出去抱起灰尘。

灰尘在我怀里轻轻扭了一下，似乎还想回沙发上。我抱紧它走进卧室，胳膊松开，它从我怀里一跳，直接跳到床上，再一跳，落在地板上，躺下亮出了肚皮。

养过猫的人都知道，这个动作是猫表示信任、想让人陪它玩的意思。这也说明，卧室里没有什么让灰尘紧张的东西。

我皱起眉头，转身出了卧室。灰尘也站起来，跟着我出来。

"怎么样？"我问小巩。

她摇摇头道："什么都没发现。"

一时间，我们俩都沉默了。地上的一排仪器闪着各色的灯光，衬托得气氛有点尴尬，也让我有点想马龙。如果他在，肯定能发现些什么。

赵晓芳看我不说话，试探地问："刘老师……我家的情况……是不是很麻烦？"

"也不至于。"我说，"总有办法。"

赵晓芳有些着急地说："刘老师，要不你们去楼上看看？"

"有钥匙吗？"

赵晓芳不好意思道："物业联系不上业主，那房子又没人住。你们是专业的，要不就……"

我明白她的意思，她是想让我撬门进去。虽然对我来说开锁很简单，但马龙曾很严厉地说过，做太平人绝对不能触犯法律。

我正色道："公司有规定，我们不能做违法的事情。非法入室肯定不行。"

赵晓芳显然很失望，丧气地嘀咕："那还能怎么办……"

我问她："你们有没有试过在次卧休息？"

"第一次叫物业来的时候就试过。睡在次卧和客厅都一样，楼上还是响。"

我皱起眉头，看来不去楼上是没法解决这件事了。但赵晓芳对我，似乎已经不像一开始那么信任了，得先稳住她。

"小巩，收拾东西吧，我去车里拿个东西。"

小巩莫名其妙道："检测设备都在这了啊，拿什么？"

"设备在这，装备又没在。"

说完，我转身去楼下车里，拿出马龙那件画满符号的披风，重新上了楼。小巩已经把设备收拾好了。我把披风的衣领塞进赵晓芳家门的顶上，关上门，披风就像门帘一样，被挂在了门里面。上面的奇异符号看起来像是符箓一般。

我对赵晓芳说："你收拾几件换洗的衣服吧。"

赵晓芳不明所以，但我没让她发出疑问，以不容置喙的语气说："你把楼上业主的紧急联系人电话给我。最多两天，我会想办法找到业主，去楼上看看。这件披风挂在门口，能镇住那东西。你在酒店再多住几天。有其他状况再随时联系。"

赵晓芳听到我的安排，这才好像安下心来。她顺从地点点头，收拾衣服去了。

2　被气死的老太太

赵晓芳收拾完，我和小巩把她送到酒店，才回了公司。回来的路上我已经把情况告诉了马龙。傍晚，马龙才给我回信息，说他帮我查房主的地址。

马龙认识很多三教九流的人。当天晚上，他就给我发来一个地址，让我和小巩明天上门去探探虚实。

我给王见邻打电话，借了两套他们公司的工服和工牌。

第二天一早，我和小巩穿上借来的职业装，戴上工牌，拎起公文包，装成两个地产公司的白领。王见邻问了我们要做什么，还特意让公司给我们准备了名片和企业宣传文件。

除此之外，我还收到了赵晓芳的感谢短信。她说她老公病好了很多，那件披风太厉害了。我笑嘻嘻地讲给小巩听。小巩说我越来越喜欢"跳大神"了，人家治好病了不感谢医生反而感谢我。我说不能这么说，马爷讲我们提供的是精神保健服务。

那个紧急联系人的住处也在灞桥区，离赵晓芳家很近。我在网上查了一下，两个小区都是航天系统下属单位的家属院。

我和小巩开车去了那个小区，远远地停好车，步行到小区里按照地址上楼，敲了敲门。

等了一会儿，一个中年女人打开了门。她穿着睡衣，顶着一头乱糟糟的卷发，左脸上有颗痣。她的表情看起来很不耐烦。

小巩露出灿烂的笑容，递上名片说道："姐姐您好，我们是仁朗地产公司的。我们在网上看到您有一套房子闲置，请问可不可以由我们做代理出租或出售？"

中年女人看了看名片，却没有接过，而是露出狐疑的眼神问："房子？"

小巩仍然保持着职业的微笑，继续说："因为我们月底要冲业绩。如果您选择我们做代理人，可以免除代理费。而且房子需要翻新的话，我们也有分公司可以负责。还能另外赠送您价值8888元的优惠券哦。"

"咣当"一声，中年女人关上了门。

她气势汹汹的声音传出来："我们家就这一套房子，你们找错人了。"

我和小巩对视一眼，我拿出手机看了看，确认了地址没错。于是小巩接着敲门。

没一会儿门猛地打开，那个女人劈头盖脸地喊道："都说了你们找错人了，有病去医院！"

小巩忍着气，仍然微笑地问她："金海二区 14 号楼 6 楼的房子不是您家的吗？"

中年女人的脸色本来就难看，听到小巩的话，脸直接黑了下来，骂道："瓜皮！"

小巩的脸色瞬间就变了。但那个女人没看见，因为她骂完就关了门。

我试探着又喊了一句："您真的可以考虑下我们公司，优惠力度绝无仅有。我可以给您留一张名片。"

里面传来骂声："死骗子，滚！"

"哎哟！"

小巩抬起脚就要踹门，被我一把拉住了。我指指胸前的工牌，提示她我们俩是在工作，这才压住了她的火气。

"算了，先走吧。再想想别的办法。"

"想什么想，要想你去想。"小巩气呼呼地下了楼，掏出一支烟点了起来。

出了小区，我说："你先回车上吧，我再想想办法。"

"你还有办法？"

我理了理衬衣，说："马爷教过我一招，应该有用。"

"什么招？"

"到人民群众中去。"

小巩回车上了。我在小区外面转了一圈，找到家果蔬店，进去买了几盘鸡蛋，让老板分几个塑料袋装好，拎着又进了小区。

小区的广场上，几个孩子正一起玩闹。不远处是几个大妈，一边看着孩子一边聊天。我挤出一脸灿烂的笑容走过去，喊道："姨，公司搞活动剩下点鸡蛋，这些送给你们？"

一边说，我一边把鸡蛋往她们手里塞。她们看鸡蛋都递到眼前了，也不拒绝，就先接在了手里。

一个大妈问："就白送的？"

我把夹在腋下的公文包重新拎在手里，苦笑着说："本来也不是，公司搞这种活动都是为了宣传嘛。"说着我从包里拿出王见邻公司的宣传单，发给她们一人一张，说道，"本来需要阿姨们留个联系方式，以后公司会打电话给你们推销。太麻烦了，就算了。"

"那你回去领导不收拾你？"

我装出一副苦脸说道："收拾去吧。破公司一个月才给两千来块钱，天天要顶着太阳在外跑。反正我也干够了，不想干了。这些送给你们，我就准备辞职。"

"那可不行。"另一个大妈说，"这不成我们害你辞职了？你拿个本子，我给你留电话。他们打过来我直接挂了就完了。"

"哎哟姨呀，怎么能是你们害我呢？我刚才在那边，"我指了指那个中年女人家的方向，说，"有个女的我正准备送她鸡蛋，让她留个电话，人家劈头盖脸给我一顿骂，骂得可难听了……"

说着，我拿出本子和笔，递给那个大妈。她果然签了名字写了电话，其他几人也跟着做了。签名的过程她们还互相看了看，似乎在眼神交流。我特别懂那种眼神，因为小巩也有过。那是八卦的眼神。

"还是好人多啊！"我装作感动地说，"不过我也确实不想再做这份工作了，太累了……"

第一个签名的大妈问我："骂你的人长啥样？"

我假装想了想，说："卷头发，脸上有颗痣……好像是左边脸上。"

"果然是她！"一个大妈仿佛中奖了一样，一拍大腿，"我就知道是她！"

其他人七嘴八舌地说："不是一家人不进一家门。"

"有这么个儿媳妇，老太太能过得顺心吗？"

"儿女也是造孽！"

我听了一会儿热闹，一脸天真地问道："阿姨，你们在说什么呢？"

"小伙子，遇上她算是你倒霉。你明天去兴善寺上炷香，祛祛晦气。那家人……唉。"

"儿女不孝顺，老人都被活活气死了。"

她们说的这个老人，应该就是赵晓芳家楼上原来的业主。那位去世两年的老太太。

这时，有一个大妈说出了最重要的信息："老太太气不过，临死前立遗嘱把房子直接给了保姆！老太太的儿子儿媳不孝顺，老太太人都死了，他们又跑去跟人家保姆打官司。官司打不赢，就上门去闹……"

我心里暗暗高兴，有门了！老太太在国企家属院有房产，想必是航天下属单位的退休职工。我也在国企工作过，所以知道这些大型国企内部，都是封闭的社交圈。八卦传得快，说明关系离得也不远。

"唉——"我说，"早知道我找这个保姆去。房子给我代理就没那么多麻烦事了。"

一个大妈问我："小伙，你是干啥的？"

"我是房地产公司的，卖房、租房啥都干。只要签一份合同，我就能拿到绩效工资了。"

"我给你联系！小张人好得很，这两年让他们欺负得哟。你要是把那房子卖了，可算做了件大好事。"

我心里高兴，脸上也高兴极了，就像真的要加工资一样。那位阿姨打了个电话，没一会儿就收到一条短信。阿姨把短信上的电话抄给我，又嘱咐了我半天让我好好上班，一定把这套房子卖掉。卖了房子她再给我介绍个对象……

过了半晌，我才回到车上。小巩早已经消了气，自己抱着手机在"吃鸡"。我告诉她刚才的经过，把她听得一愣一愣的。

"这也行？"

我撩了撩头发，说："我这人从小就受各种阿姨喜欢，也不知道为什么。"

"呕——"

3 满屋子甲虫

一回到公司，我就给那位姓张的保姆打了个电话。电话里她竟然意外地客气。想想也是，脾气不好怎么可能照顾一个行将就木的老太太，还获得了那么大的信任和喜爱。

我给她说了赵晓芳家的情况，她有点将信将疑。毕竟我们的工作太过匪夷所思。马龙以前嘱咐过，这种情况最好上门拜访。我在电话里提出来，她却犹犹豫豫，不太敢答应。我只好告诉她帮忙会有报酬，并且现场转给她两千块钱。她这才答应。

次日中午，我和小巩又一次全副武装来到赵晓芳家。我们三人在楼下等了会儿，一个胖胖的中年女人慢悠悠走了过来。她衣着朴素，但干净整齐，整个人收拾得很利落，让人很有好感。目光一对上，我就猜到是她了。

我走上前，试探问道："张阿姨？"看她露出肯定的表情，我才微笑着自我介绍，"阿姨您好，我叫刘八斗。给您打电话的就是我。麻烦您了。"

"哦，你好、你好。不麻烦……"

张阿姨有点惶恐地应了几句，就往单元门方向走去。赵晓芳连忙去开门。

这栋楼一共只有六层。赵晓芳家是五楼。张阿姨带着我们来到六楼，也就是顶层。我这才明白为什么赵晓芳想让我撬门。因为这扇门实在太破旧了，很难让人觉得自己是在做不法之事。门上面杂七杂八地贴了很多破胶带，还有几大块各种颜色的油漆，明显是泼上去的。本该装着猫眼的小孔里，塞着一团破塑料。门的边角，甚至已经隐约生锈了。

可以想象，老太太去世后这套房子都经历了什么。

张阿姨打开门，带着我们进去。这套房子的户型和楼下赵晓芳家一模一样。拐过玄关就是客厅，右边是卫生间，左边是厨房。正对面的墙上挂着一幅皱巴巴的水墨荷花，荷花下面是电视柜，放着一台臃肿的老式电视机。左右两边分别是主卧和次卧。

室内的采光还不错，但不知为什么，从进门起我就觉得屋子里的光线不太正常。明明阳光正穿过厨房的玻璃门，照在客厅里。甚至到了下午，很可能大半个客厅都会沐浴在阳光中。但整个客厅在我眼里，却好像被加了一层冷色调的滤镜。而当我将目光聚焦于某个东西时，这种感觉又消失了。我试着控制目光，不断地散焦聚焦，却仍然不敢确定光线是不是有点不正常。

这里确实很久没人住了，地上、家具上都积起了薄薄的灰。

还是先工作吧。我把两个手提箱放在地上，取出设备。小巩则把灰尘放了出来。

张阿姨突然说："不好意思啊，太久没人住。水电都已经停了很久了。"

我一愣，问她："这房子现在是……"

张阿姨轻轻叹了口气，说道："唉，住又住不成，卖又卖不了……"

想起昨天小区大妈们的话，我心下了然。老太太的儿子儿媳一直闹事，这里确实是没法住也没法卖。张阿姨看起来经济状况不太好。这套房子大概值一百万。她很可能舍不得就这么放弃，却也无法处置。可以想见，她和老人的儿子儿媳冲突过不止一次。

小巩说："没事，好不容易来一趟，我多带了几件装备。"

说着，她从箱子里抱出一个大盒子。我一眼就认出来，盒子里装的是连接好的蓄电池、逆变器和插排。这是我闲着鼓捣出来，偶尔野外作业的时候用的。没想到小巩居然带上了。

我在心里暗暗给小巩点了个赞。

就在这时，我突然注意到，灰尘站在客厅里竟然没有动弹，而是直立在原地，竖起耳朵，似乎异常地警觉。

这套房子里……果然有东西。

灰尘看的是厨房的方向。我顺着灰尘的目光看去，却什么都没有发现。厨房和客厅中间是餐厅，摆着一张酱油色的折叠餐桌和几把椅子。餐桌上摆着一个硕大的箩筐，里面满满都是绿豆。箩筐下面，还铺着几张报纸。

我走到近前，看了一眼报纸的时间，是前年的旧报纸了。

我鬼使神差地推了一下箩筐。我本想看看下面是不是还有什么，没想到一碰之下，密密麻麻的褐色甲虫从绿豆里钻了出来，到处爬，仿佛那些豆子本来就都是甲虫一样。转眼之间，已有无数甲虫从餐桌上爬到了地上。有的甲虫甚至还飞了起来，直直地朝我脸上扑来。

4 诡异的泥塑

我连忙后退几步，伸手在面前扇了几下，把飞来的虫子扇开。

"啊——"

小巩和赵晓芳看到满屋乱飞乱爬的甲虫，发出尖锐的叫声。

"没事的。"我看着缩在玄关的两人说，"只是豆象而已，没毒的，也不咬人。"

小巩都快哭出来了："不咬人它也吓人啊！"

其实豆象就是豆子里生的虫。这屋子太久没人来，豆象把这当成天堂生儿育女，其实也挺正常的。

我转过身来，看到张阿姨打开了窗子，又一脸歉意地走过来，仿佛她还是这间屋子里的保姆似的。

"实在不好意思，太不好意思了……都怪我……"

我摆摆手道："没关系，虫子的事咱们又管不了。"

"都怪我、都怪我……"

张阿姨仿佛没听见我的宽慰，嘀咕了两句，去卫生间拿出了扫把和簸箕，开始扫地上的虫子。

甲虫绕着她飞，但张阿姨好像一点儿都不害怕。或者说，她仿佛看不到空气中的虫子一样，只顾着动作麻利地埋头扫地。而她扫的东西，正是满地的虫子。那些被她扫进簸箕的虫子，又不断地爬出来掉在地上，更多的虫子在她的扫把下，变成了微型的虫潮，一拨拨涌向前方。

看到虫子的刹那，其实我心里也还算平静，因为我向来不怕这些东西。但此时我又觉得眼前的一幕有点诡异。

张阿姨的动作很利索。在她的扫把下，虫子好像和瓜子皮没什么两样。没一会儿，大部分虫子都被她扫到了屋子一角。那些虫子被尘埃滚成了灰色，动作缓慢，似乎也变得奄奄一息。就连室内的飞虫，也少了很多。

小巩和赵晓芳这才轻松一点，畏畏缩缩地从玄关走出来。

我试探地叫道："张阿姨？"

张阿姨回过头，微微佝偻着，似乎还想道歉。

我赶紧问她："这些绿豆是？"

"老太太心疼粮食，自己又吃不了多少。餐厅这太阳好，她就喜欢在这晒晒粮食。"张阿姨解释道。

小巩心有余悸，一边把地上的设备都通上电，一边接过话说："心疼粮食还买这么多啊？又吃不了。"

张阿姨说："唉，老人家一个人住，没事做嘛。"

张阿姨话音刚落，我突然想到一种可能。

"张阿姨。"

"什么？"

"老太太眼神不太好吧？"

张阿姨露出惊愕的表情，呆呆地点了点头。

小巩埋头干活，奇怪地问："老人家有几个视力好的？"

我并没有解释。这句话的重点并不在老人家的视力，而在张阿姨的反应。她的表情已经说明了，我的猜测八九不离十。如果只是一般的老眼昏花，并不足以让张阿姨特别注意，甚至在经我提醒后，露出惊愕的神情。

我再次走到餐桌旁，手往箩筐里伸去。

就在这时，一阵沙沙的响声突然传入我的耳朵。

"就是这个……"赵晓芳在我身后，脸色发白地说，"就是这个声音。"

我点点头，决定先放下绿豆的事，看看这个声音究竟是什么情况。

声音是从主卧传来的。我循着声音轻手轻脚地向前走去，推开了门。

卧室里一览无余，靠墙摆着一张款式老旧的木床，上面没有被褥。床的斜对面，大概是赵晓芳家梳妆台的位置，摆着个小桌。桌上有一个香炉，香炉两侧放着两个烛台。

香炉和烛台一看就很廉价，亮得出奇，显然是塑料制品。香炉里自然没有香，但还有些香灰。那声音，正是从香炉和烛台背后传来的。

我不知道怎么描述那件东西。那是一个泥塑，在我读过的所有书、看过的所有电影和动漫里，都没见过和它类似的造型。它似乎是某种蹲坐着的动物，又像是某种未知文明的建筑。不同形状的扭曲柱体，毫无规律地挤在一起。光线的明暗使得它似乎有诡异的两个点，是眼睛；又有一团柱体虬结的部分，像是牙齿拧成了一个死结。跟我刚进门时对室内光线的感知一样，我的目光散焦和聚焦看它完全是两种感觉。我越是仔细看去，越觉得这些纯粹是我的想象。但不经意的一瞥，它又神似某种生物的造像，正冷冷地盯着我。

它为什么会发出声音来？

不知何时，其他几人都站在了门口。我眉头紧皱，拿起手机给泥塑拍了张照片，发给了马龙。希望他能看出些端倪。

我转过身，看到张阿姨定定地看着泥塑，神情有些恍惚。

"这是老太太的宝贝吧？"

说话的同时，我怕小巩打岔，不待她说话就抢先说："小巩，把灰尘抱进来。"

任谁都能看出老太太很看重这尊泥塑，否则也没必要供着。我问的几乎是一句废话，但张阿姨点头回应我的时候，表情有了细微的变化。那似乎是……紧张。

这表情和刚才我问她老太太的视力时一模一样，她一定知道些什么。

我继续问："这是在哪买的？"

张阿姨答道："她说是去超市里买菜，人家送的。"

"造型还挺奇特，我都没见过。有什么名字没有？"

张阿姨摇了摇头。

小巩抱着灰尘进来，把灰尘放到地上。此时泥塑里仍然不断传来沙沙声。灰尘一落地，立刻紧张地盯着泥塑，弓起了后背，仿佛如临大敌。

我看了看手机，马龙没回复我。但以目前的情况看，一定是泥塑有古怪。声音的来历我已经猜得七七八八，只是我不知道张阿姨为什么表现得如此古怪，也不知道赵晓芳夫妻是因为什么，才"唤醒"了这尊泥塑。

我抱起灰尘，想把它放到泥塑近处。没想到它挠了我一下，迅捷无比地逃了出去。灰尘性格温驯，在我的记忆中这还是它第一次挠我。

没办法，我只好先解决眼前的情况了。

我整理了一下思路，先问小巩："刚才是所有设备通上电，这玩意儿才响的吧？"

小巩点点头。

我对赵晓芳解释："你听到的声音来自这尊泥塑。虽然还不知道它的来历，但它发声明显是需要条件的。刚才我们进门后，做的事里唯一可能让它发声的，就是给那些设备通电。至于是电磁信号还是什么，不太好说。但解决起来并不麻烦。用排除法，把你家的电器一件件搬开，花几天时间就知道是哪件让它响了。或者张阿姨同意的话，我可以买下这尊泥塑，你就没有烦恼了。"

张阿姨赶紧说："不用、不用。我把它扔了就行了。"

我有点意外，似乎张阿姨不想卖掉这尊商场送的泥塑。

"扔了多可惜，挺好的东西，价钱咱们好商量。我老板有钱，就喜欢收藏这些稀奇古怪的玩意儿。"

张阿姨坚定地摇了摇头，不再说话。

我不好再勉强。张阿姨既然不同意卖，自然也不会扔掉。但只要处理掉这个声源，赵晓芳家很大概率就能恢复正常。好歹，这单活算是拿下了。

我正想叫小巩收拾东西，门外的灰尘突然发出刺耳的叫声。

5 满厨房的血迹

我和小巩暗叫不好，连忙跑出房去。只见灰尘站在厨房门口，对地上成堆的虫子视而不见，只是面对厨房蹲着，瑟瑟发抖，间或发出怪异的叫声。

小巩想过去抱灰尘，看了看虫子又不敢上前，就推了我一把。

我心中无奈。灰尘反应大的地方，一般都挺邪门的。我看了一眼我们带来的手提箱。小巩几乎带上了公司的全部装备。我从里面找出泡泡枪拿着，才往厨房走去。马龙曾说塑料泡泡可以挡住一些奇怪的东西。我不知道什么算奇怪的东西，但眼下却只能靠它防身。

出乎我的意料，厨房里除了厨具餐具，什么都没有。虽然到处都落了灰，但看陈设，这间厨房算得上很整洁了。我又把橱柜一一拉开，检查了一遍，仍然毫无发现。

我回头看灰尘，它的眼神似乎看的就是我站的地方。而我的身旁，是水池、砧板，还有菜刀。

菜刀……我突然有了一个很恐怖的想法。

"小巩，带鲁米诺试剂没？"

"鲁米……"

我深深地看了一眼小巩，示意她别说话。小巩意会到了，从箱子里拿出一小瓶喷剂，忍着对虫子的恐惧走过来，把试剂和胸前的太阳镜一起递给了我。

我戴上太阳镜，举起喷剂，朝眼前轻轻按了两下。

透过太阳镜，我看到蓝紫色荧光亮了起来。荧光极为强烈，我毫不怀疑，即使不戴太阳镜，肉眼也能看到这些光。

荧光在砧板、水池和地面上，绘成了一幅抽象的泼墨画。画的边界是颜料喷溅的形状，而中心，则几乎是黏稠的荧光。

鲁米诺试剂是用来检测血迹的。也就是说，这幅"泼墨画"的颜料，是血。

我觉得自己的心跳速度陡然加快，想到张阿姨刚才的表现，腿似乎都有些发抖。

我不敢想下去，戴着太阳镜走回客厅，手背后关上了厨房的推拉门。小巩显然也看到了荧光，脸色微微发白。毕竟我们平时工作虽然也有危险，但往往危险都来自未知。如果张阿姨真的做了那样恐怖的事，那这份危险也太过具体了些。

我明白现在我不能乱，我是来工作的。我在心里默念了几遍马爷保佑，强行让自己镇定下来。

我再次左右看看，确定室内并没有武器。如果发生冲突，以我的体格应该应付得来。这时我才摘下太阳镜，放下泡泡枪，看向张阿姨。

"张阿姨，绿豆都是老太太让你帮她买的吧？"

张阿姨对这个问题倒显得很平静，她点了点头。

我这才把刚才的猜测说了出来："我在一本清朝的笔记小说里，看到过这么个故事。说是一个寡妇，为了排遣寂寞，晚上就把一大盘红豆撒在地上。然后数豆子，捡豆子。这样一直重复，直到天亮。或者让心神耗费过度，才能半昏半睡休息。长此以往，早早地眼就花了。旧社会这种事很多，王国维还为此写过一首诗：'匀圆万颗争相似，暗数千回不厌痴。'"

我回过头，发现她们几个呆呆地看着我，似乎不理解我说这些做什么。

小巩说："叫你刘老师你还真把自己当老师了？"

我笑了笑，我从箩筐里抓了一把绿豆撒在地上。一只混在里面的甲虫翻滚着，伴随着沙沙的声音，在地上爬行起来。

"赵姐，你听到的声音就是这个。老太太寡居多年，这些绿豆恐怕不止是晒，也在晚上打发时间用吧。"

张阿姨轻轻点头，声音很低地说："老人家没事做，只能这么打发时间。"

赵晓芳想了想，突然有些害怕地说："可是……老太太已经去世两年了……"

我点点头道："我知道。你们可能听说过这样的新闻：有些山谷之类的地方，打雷时会发出各种奇怪的、非自然的声音。那是因为自然界里有四氧化三铁，可以录音。在雷雨天气里，石头恰巧把附近的声音录了下来。我猜测，那尊泥塑里应该也有这种成分，所以老太太撒豆子的声音，在某个雷雨天被录在了泥塑里。恰巧你家有什么东西，就像录音机里的磁头一样，每天反复播放撒豆子的声音。"

自从我神叨叨地把披风挂在赵晓芳家门口，她就一直对我深信不疑。听完我一顿胡诌般的解释，她明显安下心来。

我正在犹豫要不要直接问张阿姨关于血迹的事，门突然被推开了。

一对男女气势汹汹地冲进来。女的正是前几天骂我和小巩的那位，但她好像没认出来我们俩。一进门，她左右看看，找到张阿姨，立刻指着她的鼻子骂了起来："不要脸的贱货，你还有脸开这扇门？"

男人手中拎着一根棍子，也恶狠狠地骂："这是我妈的房子，你他妈想干吗？"

原来这两位，就是老太太的儿子和儿媳。

张阿姨从进门起就表现得很紧张。我从厨房出来后，她本来已经放松了些，此时被骂了两句，表情突然又变得神经质起来，似乎既害怕，又愤怒。

我有一种不祥的预感，拉了一下那个男的，劝解道："有什么话好好说，没必要这样吧。"

那人看了我一眼，疑惑道："你是谁？我们家的事，关你什么事？"

我指指赵晓芳，说道："这位是你家楼下的业主。你家里有不干净的东西，影响到人家正常生活了。我受她的委托来处理这件事。"

他似乎没听明白，皱眉问："啥玩意儿？"

我换了个说法解释："你家影响到了楼下，你们家的事随便，但是讲点文明，也别影响邻居好吗？"

他这次听明白了，一边把我推向门口一边说："这是我家，影响你啥了？赶紧走！这地上都什么玩意儿？全拿走！"

我被他推得趔趄了一下。小巩扶住我，也生气了，说道："你这人会不会好好说话？有毛病吧？"

我拉了拉小巩，避免冲突激化。却见张阿姨猛地冲到了厨房门口，拉开门，提起菜刀，又冲了出来。

我头皮一麻，大喊一声："张阿姨！"

6　被虐杀的动物

张阿姨被我的喊声惊到，动作明显一滞。那对夫妻也被我吓了一跳，转过身，正好和提着菜刀的张阿姨对上。

刹那间，张阿姨的表情又狰狞起来。我甚至都来不及反应，就看到她挥刀对着男人的脸劈了下去。

还好男人的手中握着棍子，他下意识抬起胳膊，棍子竟然将刀挡了下来。

张阿姨毕竟力气有限，菜刀被棍子一挡，掉在了地上。我刚想上前，她弯腰又捡起菜刀。这时候我才发现，张阿姨的双眼，竟然流下了泪水。

"别欺负我……"张阿姨喃喃说道，"我没做坏事，房子是老姨给我的，是我的，别欺负我！"

那对夫妻明显被吓到了。可能他们侮辱张阿姨已成了习惯，万万没想到她竟然会如此暴烈地反抗。他们的表情软了下来，再不敢说一句话，脚步慢慢后退，退到了玄关。

赵晓芳已经躲到了门外。小巩也不知如何是好，看向了我。

我上前一步，尽量让自己的语气和善一点："张阿姨，有什么咱们慢慢说。有我帮你呢，没人能欺负你。"

张阿姨猛地一扭头，盯住了我。这一盯，竟然让我后背一凉。因为我看到，她发红的眼中满是恨意，那是绝对不应该出现在看我的眼神中的恨。

心念电转间，我突然想到如果是马龙，他一定会做一件事。

"小巩，稳住张阿姨。赵姐，把你家钥匙给我。"

"什么？"

两人几乎同时对我的话提出疑问。赵晓芳出于信任，手下意识摸出了钥匙包。我来不及解释，一把抢过钥匙，朝楼下奔去。

只有一层。我一步三阶，瞬间来到楼下，打开了赵晓芳家的门，一把扯下马龙的披风，又三两步重新冲回楼上。

几个人已经退到了门外。只有小巩还在门口，极力安抚着张阿姨。看她的表情，几乎要哭出来，显然安慰的效果不甚理想。

我一秒没停，一步冲过小巩，直接用肩膀撞开了张阿姨。本就双手颤抖的她，被我一撞之下跌倒在地，菜刀也掉在了地上。我一脚踢开菜刀，冲进主卧，用披风把沙沙响的泥塑一把包住，抱在怀里。这才开始剧烈地喘息。

希望我的想法是对的。

我走出门外，看到张阿姨瘫坐在地上。她没有去捡菜刀，让我终于安心了一些。

"张阿姨，你还好吗？"

张阿姨抬头看看我，神情中满是迷茫。

"对不起……"

张阿姨似乎终于明白了刚才发生的事。她从地上站起来，像换了一个人似的，又恢复了那个拘谨的保姆角色，满脸都是愧疚和自责。

我说："没关系，不怪你。"我抖了抖裹着泥塑的披风包袱，"怪它。"

其他人看情况好转，也都进来了。

张阿姨站在一旁抹着眼泪。那对夫妻一进来，女的又指着张阿姨骂道："你这个……"

我狠狠地瞪了她一眼。可能是因为我刚才的表现，她被我一瞪，把没说完的话又咽了回去。

男人也心有余悸，问道："你刚说你是干什么的？这是怎么回事？"

我没回答她，转而问张阿姨："老太太送你房子，也是有条件的吧？"

张阿姨点点头，终于开始讲述。

"老姨一开始，也就是晒晒粮食打发时间。没事的时候就跟我发牢骚，说儿子不孝顺，很久都不来看她一次。"

我看了一眼那个男人，他的脸上有点挂不住，但经历了刚才的事，也不敢说什么。

张阿姨继续讲："我心疼她，就问她要不要养只猫陪着。她说不用。后来有一天，她从超市里带回来那个东西。"她指了指我手里的泥塑，说，"一开始也没什么。老姨把它放家里，就当个摆设，只不过擦洗得勤快了些。过了几个月，她又让我买来香炉烛台，还有黄纸和香，每天把它当神像供着。我看她终于有事做了，也替她开心。突然有一天，老姨说她一个人住着无聊，想买个小动物当儿女养，还能陪她说说话。我就去买了只豚鼠，图个养起来方便。可是豚鼠没几天就死了。我就又买其他的。买过鹦鹉，买过兔子，买过猫……"

我已经隐隐猜到了，但听到这里，还是忍不住叹了口气。

"有一天，垃圾袋破了。我才知道里面是一只死猫。我真的没想到……我特别怕，但老姨说只要我一直给她买宠物，这套房子就送给我。她立了遗嘱，还给我钱……"

那对夫妻听到这里，脸色都变得铁青。男的撂下一句"胡说八道"，便扭头离开了。但他的话已经明显变音。女人也跟着他，蹬蹬地下了楼。

小巩还是气不过，刚才厨房的血迹也把她吓得不轻。我虽然猜到泥塑有古怪，但也没想到那样血腥的场面，竟然是一个老太太用菜刀砍死自己当作儿女的小动物留下的。

连赵晓芳都气不过了，质问张阿姨道："然后你就一直帮她买动物，供她虐待？"

张阿姨哭着说："我也不想……可是……"

我低头把地上的装备装进箱子，一把合上箱盖，发出响声，打断了她。

"赵姐，这儿没事了，去你家吧。"

7　它唤醒了泥塑

我至今也不知道张阿姨是怎么处理那套房子的。想来，那对夫妻应该没勇气再去那套房子了。毕竟张阿姨讲的事太过惊悚，她那天的表现也过于骇人。

小巩一直好奇我是怎么做到的。我只好告诉她，其实情况紧急的时候，我也来不及思考分析，全是靠直觉行动而已。那件披风其实不只让赵晓芳心安，也好几次给过我强烈的安全感。

让我俩烦恼的是，那之后的第三天，我们才找到了唤醒泥塑的东西。那竟然也是超市搞活动，他们低价买来的东西——一张磁疗床垫。只有人睡在上面，才会有某种磁场让泥塑发出声音。因此物业来了几次，都没能听到怪声。

而赵晓芳说的去次卧客厅休息，竟然是在主卧被吵醒后才去的。之后她下意识以为，在哪休息楼上都会有响声。

找到根源后，赵晓芳把磁疗床垫直接扔掉了。没几天她老公也出院回家。夫妻俩还给我们公司送了一面锦旗。

关于泥塑，我和小巩也讨论了几次。从发生的事情来推断，那尊泥塑很可能有刺激、放大人的恶念的能力。所以老人对儿子的不满会变成仇恨，这才虐待动物；所以张阿姨的窘迫促使她生出了贪婪之心，这才拼命想守住房子。而且泥塑……似乎会让人充满占有欲。

老太太和儿子、儿媳一直给张阿姨施加精神压力，持续了好几年。再加上这尊泥塑的影响，所以张阿姨变得有些神经质，那天才会那样表现。

这种推断听起来太过邪门，因此我和小巩一直没敢把泥塑摆出来，只是用披风包着放在收藏室里。真实情况如何，还需要马龙来研究。

但奇怪的是，马龙一直没回我的信息。

直到又过去几天，马龙突然发短信问我："你相不相信，二十世纪六七十年代有个大学教授躲起来修行了十年，最终成仙了？"

我自然说不信，顺便问他泥塑的事情，但他又不回我了。凌晨，他发给我最后一条短信，只有三个字："向天坟。"

　　我不明所以。第二天给他打电话，却一直不在服务区。

　　他接连几天不接电话之后，我才猛然反应过来——马龙，难道失踪了？

不平人

　　张雷和马龙表情呆滞了片刻，突然又抽搐起来。他们就像是电脑游戏中遇到 bug 的人物一样，肢体开始奇怪地扭曲、颤抖。甚至有那么一瞬间，我的脑中出现了他们变成乱码的幻觉……

1 记得买口罩

早上一睡醒，我就看到马龙半个小时前给我留言："一会儿上班时顺路去一趟张雷那儿，帮我取本书。"

果然是中老年人，起那么早。我起床洗漱，突然又想起我的车今天限号。于是给他回信息："马老师，我今天限号，你叫个跑腿它不香吗？"

马龙回我："还是你去取，我放心一点儿。"

我这才想起，上次罗国士的笔记就是被快递员偷走，导致之后发生了那么多事。想必马龙也是因为那事，才对快递、跑腿、外卖之类的不太信任。再说需要我专程去取的书，可能也挺重要的。

"好。"我问他，"什么书？"

"《彝族文化》，是一本杂志。张雷说上面有一篇署名为'罗国士'的文章，我想看看。这本杂志是二十世纪八十年代初发行的，现在可不好找了。"

原来还是关于罗国士的事。

向天坟的事情结束后，马龙在贵阳市第二人民医院住了小半个月，身体才恢复过来。其间，他让张雷帮他找了很多书。大都是关于彝族、彝文或者罗氏鬼国的各种资料。那段时间，马龙每天只要醒着，便对照着那些书，反复翻阅罗国士留下的笔记。一边看还一边写写画画，不知道在做什么。

没想到，时间已经过去了几个月，马龙还在研究这件事。再这么过上一年半载，怕是他都要成彝族文化专家了。

我一口答应下来，然后联系张雷。张雷说他在科技二路的裕华书店，并给我发了一个定位。

我下楼叫了个"滴滴"。眨眼工夫接单的车就停在了眼前，是辆途锐。

运气真不错。

我上了车。司机师傅戴着口罩，瞥了我一眼，问："3617？"

"对。"我系好安全带，说，"到科技二路。"

司机的手机传出电子语音："您已接到尾号为3617的乘客，请系好安全带……"

车沿着太白路往南驶去。

我闲着没事做，就跟司机搭话："您都开这车了，还要跑'滴滴'啊？"

司机目视前方，随口答道："跑着耍，挣个烟钱。"

我心里嘀咕，开途锐的还能缺烟抽？怕不是个老干部，退休在家闲得慌吧？

我看向这名司机。他看起来六十岁上下，穿一件时尚的军绿色工装夹克。粗眉毛，眼袋像很多中老年人那样有些浮肿，但双目并不浑浊。虽然口罩遮着口鼻，但猛一看居然有点儿千叶真一的感觉。

车突然停了下来，抬头一看发现是红灯。车窗前的弹簧摆件微微摇晃着。我突然注意到，这个摆件很特别。它不是常见的那种卡通造型，而是一个充满古朴感的人头像。既像复活节岛的石雕人，有一种肃穆感，又像汉阳陵的断臂裸俑，有些诡异。尤其当车停下来，它微微晃动的时候，更是让我隐隐觉得不舒服。

司机突然说："小伙子，你怎么出门也不戴个口罩？"

我奇怪道："为什么要戴口罩？"

"你没看网上有人说，最近江城出现了一种新型传染病吗？比非典都厉害。"

我仔细想了想，说："没啊，这么大的事怎么没看到新闻？"

"朋友圈都在转发。"

我以为司机信了什么朋友圈流言，便指指车窗外的行人，说："你看外面一个戴口罩的都没有，要是真有那么厉害的传染病，超市里的口罩早被抢完了。"

"又不费事，也不费钱。买几个吧，万一呢？"

我知道跟长一辈的人辩论没什么用，只好说："行，回头我多囤点儿口罩，以后说不定还能卖钱。"

"那不成，你不能发国难财。"

红灯转绿，司机再次启动车。

"抽烟不？"司机问我。

"以前抽，后来戒了。"

"那我抽一支？我这烟瘾大，有的人嫌呛。"

"您随意。"

司机听我说完，一只手握着方向盘，另一只手伸进夹克兜里摸出一支烟，然后抬手拉下了口罩，把烟叼在嘴里。

就在他拉下口罩的一刹那，我无意间瞥过去，被吓了一跳。

他的脸自眼睛往下，没有一块完好的皮肤。嘴角好像被人削了一刀，伤口也没有缝针，自然愈合后的皮肉像刚犁过的地，随意地翻转着。脸上其他地方则更让人不寒而栗，好像那把刀削完他的嘴唇后，又在脸上胡乱地划，直到一块完好的皮肤都没有。

这些伤口都愈合得很随意，使得他的脸就像干了的蛤蟆皮一样。

下一个红灯处，司机点着烟，深深吸了一口，然后从鼻孔里喷出两股细细的青烟。

"你真不抽一支？抽烟能防病毒。"

我愣了一下，连忙说："不用，戒了很久了。"然而我心里想的却是，什么病毒，扯淡。这老头戴口罩明明是为了遮脸。

司机看我表情不自然，也不意外，似乎早就习惯了。他坦然一笑，主动说起了自己的脸："我小时候被老虎叼过一次。老虎舌头上有倒钩，一舌头舔下我半张脸皮。"他指指自己的脸说，"然后就成这样了。"

我听得有点儿发愣。就在此时，他又一次踩下刹车，我们眼前却没有红灯。

"怎么走？"司机问我。

"跟导航走啊。"我说。

手机地图的语音提示恰好响起来："前方右转。"

我看向右边，也明白了司机师傅的疑惑。那里是一条坑坑洼洼的土路。路两旁堆着砖石瓦砾，似乎这里刚刚经历拆迁。

我拿出手机查了一下地图，然后对司机说："还是开进去看看吧。"

好车确实不一样，地上的坑洼没造成一点儿阻碍。片刻后，我俩沿着那条路进去，果然来到了一片工地里。只是工地里连个鬼影都没有。已经动过土的空地上，铺着绿色的安全网。更多地方则胡乱堆放着还未使用过的建筑材料，水泥、沙子、钢筋和砖之类。

走了几分钟，路就被一大堆渣土挡住了。而导航的提示却仍然是直行。

司机无奈地说道："唉，你说科技路这片天天修，修了十几年修不完。修他先人板板？"

我说："我下去看看，我看地图上咱们离书店已经很近了。不远的话我就自己走过去。"

司机点点头，又点上一支烟，无聊地吸了起来。我下了车，爬上了渣土堆。

远处，长安高新区的高楼大厦安静林立。近处却连一栋像样的房子都没有，哪有什么书店。我能看到的，只有瓦砾渣土、残垣荒草，以及胡乱排列仿佛迷宫的铁皮挡板。

我给张雷打过去电话，问他："书店在哪儿啊？我跟着导航怎么找不到？"

张雷回答："是不太好找，路有点儿绕。要不你先回去，我办完事叫个跑腿？"

"别，我老板现在最怕快递和跑腿。还是我找你拿吧，等我一会儿。"

说完我回到车里，问司机："咱们现在在哪儿？"

"谁知道，反正是科技路附近。"

"这样吧，咱们先出去。您看哪儿离科技二路最近，就把我放下。我自己走着去科技二路，反正就那么大地方，书店我自己慢慢找吧。"

司机想了想，说道："你愿意走的话，倒是不远。"

他一边说着，一边倒车，往来路驶去。没一会儿，我们出了工地。司机也不停留，往回走了一段，然后拐进了一条被围挡隔出来的小路。围挡里果然如迷宫一般，进去拐几个弯，我就失去了方向。

不久之后，司机把车停在一处稍宽阔的地方，指指自己的左边说："那边有个门，你进去走个两百米就是科技二路。"

我嗯了一声，解开安全带准备下车，司机又说："记得买口罩啊。"

"知道了，谢谢啊。"

我下了车，司机一脚油门，拐了个弯，不见了。

2　家里住进了别人

这里似乎是工地的边缘地带。虽然路也是柏油路，但很破。像许多城乡接合部那种年久失修的路，坑坑洼洼，石子乱滚。路的一侧是已经拆除的房屋，还剩半堵墙。墙上挂着一张二十世纪九十年代感觉的布面广告。广告上印着一个黄色头发、身穿皮衣的女人，还写着大大的"舞厅"两个字。而在舞厅两字下面，有人歪歪扭扭另写了四个字：裕华书店。甚至字旁还画了一个箭头，指向路对面。

原来店搬了。

马路对面仍是围挡。围挡中间果然如"滴滴"司机所说，开着一扇小门。走进去，里面的路基本已经铺设完毕。马路和人行道都修好了，只有绿化带还没有种上草和树。

走了不到二百米，我又在一根歪歪扭扭的电线杆上，看到了"裕华书店"的字样和箭头，这次是红色油漆写的。

我按照箭头指示走下去。在接下来一到两公里的路程中，断断续续又在建筑挡板上、拆掉一半的断墙上，或者树上看到"裕华书店"的方向指示。

半个小时后，我找到了最后一处指示。那是一座小石桥，只有几米。字和箭头就画在护栏下面的石桩上。

让我奇怪的是，这个地方简直像是一个小村庄。石桥下的小河流水潺潺，河两边是玉米地。过了小桥，甚至还有人扎了篱笆，篱笆上爬满了葡萄藤。要不是远处的高楼，我简直要以为自己来到了秦岭的哪个峪口。

过了桥没多远，我终于远远地看到了裕华书店。那是一座老瓦房，但墙面和门楣都认真装修过，简单而又时尚。

但当我走到近处，却发现书店门把手上，挂着一把大锁。

张雷不是说他早就到了吗？我拿出手机，随手拍了一张书店大门紧锁的照片，给张雷发过去。然后发信息问他："书店怎么关了？"

等了一会儿，张雷发来一张自拍。他站在裕华书店的门口，大脸占了几乎整个屏幕。他的身后是裕华书店的大门，与我眼前的不同，门是开着的。

接着张雷发来信息："我就在店里呢，你这照片是跟马龙要来的？"

我一脸蒙，回道："张哥你没开玩笑吧？"

在我打字的时候，张雷的第二条信息发来了："你走哪儿了？给我发个定位。"

"开什么玩笑？"他说。

就在此时，我听到一声喊："八斗，来了？"

回过头，正是张雷。他腋下夹着一个文件袋，快步走来，将文件袋递给我。

我接过来说："你这玩笑开的，吓我一跳。"

张雷问："什么玩笑？"

我打开他发给我的信息给他看。张雷头伸过来看了看，表情突然有些恍惚。

我笑他："你不是想装傻吧？"

不想张雷还真就装得跟傻子一样，呆了一下，然后直接跳过这个话题说："你检查下书。"

我打开文件袋，里面是三本薄薄的册子，纸张已经发黄，有点儿脆，每本封面上印着几个奇怪的符号。马龙最近书桌上经常摆着彝文资料，我耳濡目染，也能认出来这些是彝族文字。那估计就没错了，以张雷和马龙的交情，不至于有什么问题。

我点头："书好着呢。"

张雷说："进去喝杯茶？"

"马龙还在公司等着呢，我先回了。改天再喝吧。"

"那好，回见。"张雷说完，扭头一边掏钥匙，一边往书店门口走去。

我也扭头往村外走去，边走边想，总觉得张雷哪儿不对劲，但是又说不清楚。

我重新叫了一辆车，回到公司，把书给了马龙。

马龙接过文件袋，打开看了一眼，放到书桌上，然后从柜子里拿出一个纸盒递给我。

我接过来，调侃道："取本书还有奖品？"

马龙说："是口罩。我给你和小巩一人买了一些，还有消毒酒精和护目镜。过几天才能到。"

"买这些东西干啥？"

马龙瞥了我一眼，说："你没看到网上说江城出现了新型传染病？长安离江城才多远。做个预防。"

我想起"滴滴"司机的话，疑惑道："没看到啊？"

马龙拿起手机，打开一条朋友圈给我看："你是不是把我屏蔽了？"

我接过他的手机，浏览了一下。文章说江城有家医院，出现了不明病毒导致的肺炎。而且病毒可能会通过呼吸道传染。大致内容跟"滴滴"司机说的差不多。但唯一可以称得上证据的，就只有一张简短的聊天记录，据说是某医院的医生说的。

"这也能信？"

马龙说："我信。总之从明天开始，上班必须戴口罩。进出门也要洗手。"

"行呗，你是老板，你说了算。"

说完我拿着口罩下了楼。小巩在整理一堆资料，灰尘在抓她的头发。

我走过去，想抱起灰尘玩一会儿，没想到刚碰到灰尘，它就条件反射一样跳开了，然后警惕地看着我，好像不认识我一样。

小巩奇怪地看看猫，又看看我，说："你中邪啦？"

"呸，你才中邪了。"

灰尘大概是心情不好。我去拿了根猫条逗它，然而一向馋嘴的灰尘居然连猫条都熟视无睹。

小巩在旁边看得直乐："不是中邪，难道是鬼上身了？还是有什么脏东西玷污了你？"

我翻了个白眼，把猫条扔桌上，坐下拿本书挡着，偷偷观察灰尘。

让我没想到的是，灰尘居然连放在桌上的猫条都不碰。而当小巩拿过猫条，还没出声，灰尘就嗖的一下跳到了她腿上，伸出爪子去抢猫条。

真是奇怪。按我们往常的经验，灰尘如此表现，代表我，或者我身上的某样东西，确实有些不寻常。但我自己却毫无感觉。小巩正好闲着没事，从库房里翻出来一堆仪器，把我从头到脚检查了几遍，也没发现什么异常。

就这样闹腾到下班。我回到家，掏钥匙开门，拧了几下发现拧不动。正疑惑之时，门突然开了。

一个我不认识的男人从我家探出了头。他满脸警惕，问我："你是？"

我莫名其妙，抬头看了一眼门牌号，这确实是我家，于是也问他："你是谁啊？在我家干吗？"

那人皱起眉头，看了我片刻，骂了句"神经病"，关上了门。

一股无名火突然冲到我脑门上。这人别是个小偷吧？这么猖狂？我掏出钥匙插进钥匙孔，又拧了两下，还是拧不动。我气得咚咚咚使劲儿捶了几下门，大喊："开门！"

正喊着，楼道里传来一声吼："干吗的？"

我回过头，看到一位穿着蓝色物业制服的大爷，气势汹汹走了过来。

大爷走过来，揪住我的袖子又问了一遍："你干吗呢？"

"我回家啊，能干吗？"

"这是你家？刚才是你打的电话？"

原来是里面的家伙给物业打了电话。

"不是，里面有小偷，他打的电话。"

"他……啥玩意儿？"

大爷是东北人，被我的话搞得也有点儿蒙了，索性敲了敲门，喊道："物业。"

门很快开了，还是刚才那人。他一手拎着棍子，先看了看我，又看了看物业，对物业说："就是他。"

这下轮到物业大爷蒙了。他问屋子里的人："你打的电话？"

那人回答："对，这人我不认识，一直敲我家门。"

不平人

我纠正他："这明明是我家，那鞋柜还是我找朋友定的呢。"

那人骂我："脑子有病吧？"

我也骂了一句，就想上去推他，被物业大爷拽住了。

"吵什么吵，拿户口本去。"

我抬步想进门，却被那人拦在门外。物业说："你先等等。"

"他知道户口本在哪儿放着吗？"

"他找不着你再进去找。"

过了一会儿，那人居然真的找到户口本，拿着出来了。他递给物业看了一眼，物业问我："身份证？"

"没带。"

"你叫啥？"

"刘八斗。"

"行了，"物业对我说，"走吧。"

"啥意思？这是我家。"

物业脸黑了下来，把打开的户口本在我眼前一晃："骗谁呢？你到底干吗的？再跟这儿嚷嚷我可叫警察了啊！"

户口本在我眼前一晃而过。但我还是看到，户主那一页，写着刘亮两个字。

就在此时，我微信电话响了，是马龙。

他问我："货找到没有？"

马龙那边杂音很大，我以为自己听错了，问他："什么货？"

他反问："你是不是信号不太好？我听不清。你看下微信。"

说完他就挂了电话。这时我发现，我的手机没有连上我家的Wi-Fi。楼道里信号确实不好。可手机为什么没连到Wi-Fi呢？

物业大爷推了我一把："你走不走？"

我只好被大爷推着下了楼。我怎么也想不明白，为什么会有个莫名其妙的人，似乎合理合法地住进了我家？就算我脑子坏掉了，记错地址，但我不可能连家里什么样子都忘掉。虽然没进去，但只站在门口，我也能清晰地回忆起家具是在哪儿买的，里面放着什么。

站在小区外，想来想去，还是找马龙求助，毕竟他是处理这种怪事的专家。掏出手机。我看到了之前马龙发给我的信息。第一条是："来范家大院，有生意谈。"刚才我忙着吵架，没看到。

接着还有一段微信电话的记录，但并不是我刚才接的电话。记录显示，我们聊了十几秒钟。再之后是我们刚才的通话记录。最后还有一条他刚发的信息："拿到货快点儿过来。"

然后我看到，我的手机自动弹出一条回复："堵车了。"

3　我来到了另一个世界

马龙回复："你先拍张照片，买家想看看。"

然后我的手机自动发过去一张照片。那是一尊泥塑。造型我非常熟悉，因为就是它，差点儿让我和马龙在贵州送了命。

我就这样看着马龙和"我"聊天。

马龙说："收到，你快点儿过来。"

买家……我突然想到一种可能性，只觉得浑身发寒。

这就是马龙说的生意。我们都知道那尊泥塑是害人的东西。公司里甚至还有更多这类收藏品。

"我"又回复马龙："收到，很快。"

我想到一种可能，犹豫再三，还是给马龙发去一条消息："早上你让我去取的，是什么书来着？"

马龙回我："《呗耄神赞》《拒鬼词》《戒灵魂变化经》……

呃……"他停顿了一下，似乎是在思考如何解释，接着继续发过来消息，"就是几本彝族原始巫术的咒语经文。我的翻译可能不太准确。你问这个做什么？"

心中的猜想已经确定。我关了手机，闭上眼睛努力让自己冷静下来。张雷恍惚的表情浮上我的脑海。我可以想象到，那个回复马龙堵车的"我"，看到微信的消息也会露出那样的表情。因为这条消息不应该出现在他的眼前。

怪不得我没看到过关于传染病的新闻；怪不得张雷说他早就到了裕华书店；怪不得我家住着另一个人；怪不得……马龙早上说让我取杂志，现在却说是经文。还有灰尘对我那样的反应……

我几乎已经可以确定，因为未知原因，我来到了另一个世界。我不知道这是平行世界，时空穿梭，还是别的什么。这个世界和我原来生活的世界几乎完全一样，又在无数的细微处有着不同。有一种规则，将这个世界的逻辑错误屏蔽掉了。因此张雷看不到另一个张雷给我的信息。而那个帮马龙取东西的，则是另一个我。他和我在逻辑上是矛盾的。

也就是说，我今天见到的马龙和小巩，并不是我认识的那两个人。如果蝴蝶效应真的存在，我的一举一动都可能对他们造成巨大的影响。甚至就算我什么都不做，谁知道我会不会像"五月花号"上的人一样，将自己已经习惯了的细菌带到这个世界，导致瘟疫呢？

所以我也不能再联系他们了。天已经彻底黑了下来。我拿出手机，马龙没再发消息给我。希望他们仍然若无其事，对我的存在没有知觉。至于卖掉那尊泥塑的事……似乎也和我没关系了。

眼下摆在我面前的问题是，我该怎么办。我回忆了一整天的经历，猛然想起，似乎就是从我上了那辆途锐开始，所有事才变得诡异起来。难道我的"穿越"跟那个人有关系？

我打开"滴滴"，联系车主。翻了翻才知道，原来行程结束后不能单方面联系，只能找客服。我只好以钱包遗失为由申诉。片刻后，一个电话拨了过来。

"喂？"他说，"车上没找到你钱包啊？"

我一时不知如何解释今天的事，只好先说："其实我出门就没带钱包。"

对方一听，笑了起来，接着说了一句话，把我吓了一跳。

他问我："你做太平人多久了？"

这是我第一次在马龙以外的人口中，听到"太平人"这个词。虽然马龙没告诉过我更多关于太平人的事，但我一直觉得，我们的职业是很隐秘的。事实也的确如此，从未有人这么称呼过我们。

他既然知道太平人，自然也知道太平人是做什么的。换句话说，我之所以"穿越"，确实和他有关。

我问他："你是谁？"

他却没回答我的问题，自说自话："马龙挑人的眼光不错。但你反应还是慢了点儿。我以为你下午就会给我打电话。"

"你他妈谁呀？"

"小伙子别急。按辈分算，你应该叫我一声师公。骂我可是欺师灭祖。吕祖师听到了，要收拾你的。"

师公？难道他是马龙的老师？马龙从没对我和小巩说起过他的过去。所以即使我知道对方和马龙有关，但还是什么都猜不到。我只好继续装傻，好让他多说点儿。

"你说什么？什么吕什么玩意儿的？"

他的声音突然严肃起来，朗然吟诵了一句古诗："背上匣中三尺剑，为天且示不平人。"接着又愤愤然说，"马龙这个叛徒，居然连我们这行的祖师爷——纯阳祖师的名讳也没告诉你？"

"纯阳祖师……吕洞宾？"

"嗯，还算看过两本书。"

"大爷你逗我玩儿呢？我可认识全真教的道长，人家知道了要告你侵权的。"

他又笑了，说："你倒是比马龙有趣点儿。"

我趁热打铁："师公，既然是一家人。你跟我说说，我究竟怎么回事？怎么回去？"

"马龙要是知道你叫我师公，可就不认你这个徒弟了。祖师爷的诗里，写的是不平人，不是太平人。马龙欺师灭祖，自己取了个太平人的名号。所以我跟你不是一路。你要是愿意以后不做太平人，那我倒是可以帮帮你。"

我脑子乱糟糟的，什么不平太平的。但最后一句话我听懂了。

"你让我背叛马龙？"

"不是背叛，是回到正路上来。"

"回你大爷，老不死的。你想怎么样？"

对方也不生气，慢悠悠地说："年轻人火气别这么大。要不是我，你下午就跟另一个自个碰上了。"

原来如此，怪不得我和另一个自己生活轨迹几乎一样，却没碰上。我试探性地问他："遇到他……会怎么样？"

"不知道。"他干脆地说，"遇到过这事的，都死了。这种事不该出现在世上，毕竟有违天和。"

"那你把我送这儿来，到底想干什么？"

"帮你回到正路上。"

"你贱不贱啊？"

"别着急，来日方长。你记得戴口罩。哈哈哈……"

说完，他就挂了电话。我还有很多事想问他，再拨回去却发现是虚拟号码，打不通了。

我冷下脸，仔细将他说的话和今天的所有事情分析了一遍。

首先，他说"我们这行"。这说明有很多人都和马龙一样，以处理奇异事件为职业。他们有圈子有师承，还有自己的文化，以吕洞宾为祖师爷。但马龙脱离了这个圈子，也就是所谓"不平人"。

其次，他和马龙是师徒关系，后来闹掰了。但他对我并非只有恶意，否则我早就跟另一个自己碰上了，而且他也不会提醒我戴口罩。这个世界可能真的有瘟疫蔓延。但他的表现让我认定，眼下不是死局，我还有机会。

同时，我只能给这个世界的马龙发信息，说明我已经无法和原来的世界联系。但能联系到这个便宜师公，说明他有两个世界的穿越能力。这更让我觉得希望倍增。我最后能联系上原来世界的人，是在裕华书店门口给张雷发信息。所以我来到这个世界，就是在去裕华书店前后发生的。那么回去的路，也应该在那里。

最后一点，他自诩正路，自然是把我和马龙视为邪路。但我没见过马龙做什么坏事。这么一个极端理性相信科学的人，怎么看都像正面人物啊。反而这个世界的马龙挺像坏人的，那种害人的东西居然拿出来卖……难道他说的叛徒是指这个马龙？可既然如此，又为什么找上我呢？

许多事，看来只有马龙知道真相了。

4　这个世界是镜像的

眼下，还有更具体的问题摆在我面前：晚上去哪儿住。

我没带身份证，住不了酒店。去城中村找了几个小旅馆，却被告知没带身份证不能住，加钱都不行。因为最近长安市在扫黑除恶，所以查得很严，被查到没登记就住宿的，要吊销执照。

没办法，我只好在街上瞎转。转到十二点左右，在一家便利店里吃了碗泡面，给手机充了会儿电。

以前从没想过，我居然会在长安这座城市无处可去。深夜的街上空无一人，有一种不真实的感觉。我不由得想，要是我回不去了，我的家人、我的朋友会不会把印有我照片的寻人启事贴在街上？

走着走着，我看到一家店面窄小的足浴店。我灵机一动，跑进旁边的商店，买了一瓶二锅头出来。我猛灌了两口酒，又用酒打湿手，往腋下沾了沾。扔掉酒瓶，我一身酒气地推开了足浴店的门。

老板坐在柜台后面，一看到我就热情地问："您好，有预约技师吗？"

我大着舌头说："没有，随便。"

老板见怪不怪："您这边请。"

他把我带进一个包间，拿出单子让我选。我随便指了一个。他出去，片刻后一个小姑娘进来，我已经故意打起了鼾。

小姑娘似乎也习惯了。跟我说了几句话，见我没反应，就随便按按，出去了。过了一会儿，她和老板一起进来了。我听到她问老板怎么办。老板过来推了推我，见我没反应，只好说："让他睡吧，明天早点儿叫他。"

没想到，第二天果然很早。

老板咚咚咚的敲门声把我惊醒了。我打开手机一看，才六点多钟。

不等我说话，老板就说："师傅，赶紧走。"

我嘴里说好，心里嘟囔，你才是师傅。

老板解释道："实在不是我不让你睡。街道办打电话，全长安洗脚房都不让营业了。旅馆、网吧，都不让开了。你自己看新闻去。"

我听得一愣。拿出手机，好几个新闻 App 都在推送同一条新闻：长安市启动突发事件一级响应，所有娱乐场所暂停营业。并且要求所有人居家隔离至少半个月时间。

但我没办法隔离，因为我在这个世界没有家。我去足浴店的卫生间洗了把脸，来到街上。外面的行人虽然少，但都戴着口罩。

耳后突然响起一阵嗡嗡声。一架无人机飞到我的面前，悬浮在空中。无人机的前方有一个摄像头，信号灯微微闪烁着，然后发出了电子音："请您佩戴口罩。"

我连忙拆开马龙给我的口罩，取出一个戴上。

无人机看着我戴好口罩，这才重新飞上天，不见了。我拿出手机想叫车，App 却提示因疫情影响，暂停服务。我这才注意到，街上的车也很少，而且没有公交车和出租车。

没办法，我只好扫了一辆共享单车，往科技二路骑去。

从太白路到科技二路，不远不近，四五公里路程。骑一会儿歇一会儿，我花了半个多小时才气喘吁吁地来到科技二路。

街上的行人渐渐多了起来，但并没有往日拥挤。车辆很少。看来人们也不用上班了。街上的人都行色匆匆，口罩上方的双眼，目光既木然又恐惧。天空中，不时有无人机飞过。我仿佛来到了电影中的场景。街上不时有救护车疾驰而过，甚至我还见到了几个全副武装、穿得像宇航员一样的人。

而科技二路，却不是我想象的样子。我昨天才来过一次这里。

那些杂乱无章的工地、拆迁后的废墟、挡板形成的迷宫以及小桥流水的裕华书店，此时全都不见了。

我明明记得，那天我从裕华书店出来叫了车，没走多久就到了团结南路。那么书店的位置应该在团结路和科技二路交叉口以西，大概三公里以内才对。可我按记忆来来回回找了两个小时，硬是只能看到高楼大厦。我第一次觉得，这座我生活了多年的城市好陌生。

没办法，我只好用手机地图搜索裕华书店。只希望科学技术在这种神秘事件中还有用。地图上显示，科技二路确实有一家裕华书店，却在团结路的东边，跟我记忆中的位置正好相反。不知道是这个世界是镜像的，还是我的记忆出了差错。

半个小时后，我按照手机地图导航，来到了一个地方。如果地图没错的话，裕华书店就在我前方二百米处。但我眼前，却没路了。

我被一张巨大的铁网挡住。铁网里是浓密的绿植，看不清后面有什么。长安许多地方都有这样的铁网。里面面积很大，就像是把两条马龙中间的绿化带扩大了无数倍一样，甚至感觉上，足够装下整条街区。

地图显示，这里面是应急避难场所。而且不远处就有大门。走了不久，我来到大门前。那里面有两个身穿白色防护服、头戴透明面罩的人。

"身份证。"其中一个人说。

另一个人拿着一把充满科幻感的塑料枪，将枪口对准了我。

我有些紧张地回答："出门没带。"

塑料枪发出滴的一声响。拿枪的人点了点头。

问话的人说："没身份证不能进。"

我只好扭头离开。不知道那把枪是做什么的，但跟穿制服的起冲突，显然没我的好果子吃。

　　我继续沿着铁网走，想找到其他入口。又走了一会儿，我绕过铁网，发现了一间挨着铁网修建的公厕。这里没人把守，我进了男厕，发现里面也没人。而且厕所墙上，有一扇窗。

　　如果全城都如刚才大门那里有人把守的话，那么这扇窗户就是我去裕华书店的唯一机会了。窗户是通气窗，开得很高，几乎贴到了天花板。当下我也不再犹豫，踩着便池爬了上去。窗沿脏兮兮的，一摸全是灰。顾不得干净与否，我钻过窗户，跳了下去。

　　就在我跳下去的一瞬间，嗓子突然有些痒。我想咳嗽，却听到身后的厕所隔间里传来咳嗽声。这声咳嗽让我觉得莫名心慌，甚至不敢回头看一眼公厕，腿脚仿佛有了自己的意识一般，催促着我赶紧离开。

　　这里的环境倒是很好，和一般的公园没什么两样：石子路、绿草坪、小广场……我在那种不知名恐惧的推动下，快步往前走着。一边走一边看手机地图的导航。

　　走了没多久，终于远远地看到一座小石桥。正是我昨天来裕华书店经过的地方。石桥对面的电线杆上，隐约还能看到"裕华书店"的字样和箭头。

　　然而书店门口，仍然有一个全身防护服的人守在那里。

5　身后站着另一个我

　　昨天就是在这里，我收到了另一个世界的张雷的照片。我掏出手机，给张雷发信息试探："昨天我找你取的是什么书来着？"

　　张雷回我："几本彝族经文，我还以为你也能看懂呢。"

看来这里不是我原来那个世界的入口。正当我犹豫要不要想办法去书店看看时，被门口那个穿防护服的人叫住了。

"八斗！"

我仔细一看，原来那人正是张雷。

他说："怎么去这么久？马龙等你呢。"

我暗叫不好。本来打定主意不再和这个世界的马龙有交集，没想到还是碰上了。更严重的是，他说我"去这么久"，说的显然是另一个我。难道他也在附近？

张雷的心情似乎不错，并没有因穿着防护服而显得异常。他看我不说话，又对着书店里喊："马总，八斗回来了。咱们走？"

马龙的声音从书店里传了出来："好。"

接着我就看到，马龙戴着口罩从书店里走了出来。

我刚想编个理由离开，就看到马龙和张雷愣住了。我的身后传来一声呼喊："马老师！"

猛然间，我明白了为什么刚才在公厕翻窗时，听到一声咳嗽就噤若寒蝉。因为那咳嗽声熟悉而又陌生。我曾在马龙给我拍的抖音里听到过自己的声音，和那声咳嗽、和此时身后的声音，一模一样。

我的身后，站着另一个我。

张雷和马龙表情呆滞了片刻，突然又抽搐起来。他们就像是电脑游戏中遇到 bug 的人物一样，肢体开始奇怪地扭曲、颤抖。甚至有那么一瞬间，我的脑中出现了他们变成乱码的幻觉……五官、身体，甚至衣服，都变成了无序的碎片组合，就像被撕碎的马赛克……

下一瞬间，我脑中的幻觉又消失了。我看到张雷和马龙痛苦地跌倒在地，剧烈地咳嗽、呕吐起来。我的心中突然焦急而难过，因为他们都是我的好朋友。但我又明确地知道，眼前的人并不是我认识的张雷和马龙。

与此同时，我身后传来了诡异的声音。好像有什么东西断断续续地坠落到地上。似乎是……豆腐之类的东西。接着又是一阵极细微又极尖锐的声音，仿佛一根细到极点的钢丝刺破了空气。

我不敢回头，因为不知道会看到什么。我整个人僵在原地，已经不知道是因为在恐惧，还是因为在犹豫是否救人。或者在怀疑，此时此刻，我的身上是不是也在发生着什么变化？

就在这时，两架无人机倏地飞过来，悬浮在马龙和张雷的头顶。无人机的信号灯闪了几下，似乎在观察地上的人。接着，在我目瞪口呆的表情中，无人机伸出了几条机械触手。

不过片刻，张雷和马龙已被机械触手裹了起来，看起来像一个灰黑色的茧。就这样，无人机拖着两个"茧"瞬间又飞远了。

我有点儿不敢相信看到的画面。简直太脱离常识了。本以为这个世界和我原本那个差不多，这怎么……好像突然来到了《黑客帝国》中？

就在我愣神的刹那，眼前突然一暗。一条机械触手搭上了我的肩膀。我一激灵，下意识一缩脖，接着才意识到发生了什么。

一架无人机就在我的头顶。因为身后的声音，我居然没注意到它已经飞到了我身边。

几乎是条件反射般地，我腿一蹬就朝前面不远的石桥跑去。身体动起来后，我似乎又恢复了正常的知觉。无人机螺旋桨的轰鸣声、机械臂运转的嘶嘶声、身后仿佛经历酷刑的惨叫声……那是我的声音。

所有声音都在刺激着我的神经，让我不顾一切地朝前跑去。

"裕华书店、裕华书店、裕华书店……"

不平人

我一边跑，一边将所有注意力集中起来，在四周寻找"裕华书店"的字和箭头。昨天就是它们带我来到这里，那么它们也是我离开的路标。我不断地观察着四周的挡板、电线杆和树，每找到一个路标，便觉得多了一分力量。不知跑了多久，我终于看到一扇开在围挡上的小门。穿过小门，布面广告上印着的女人的腿映入眼帘，我的心情简直比看到女明星还激动。

小门前方，几块砖堆在一起，上面放着个让我记忆犹新的东西——一个造型诡异的弹簧摆件。它正微微晃动着，似乎在面无表情地对我点头。

轰鸣声从身后传来。不用看我也知道，无人机还在追我。

我下意识拿起那个摆件，继续向前跑去。才跑几步，我突然听不到轰鸣声了。再回头，哪有什么无人机？

我有些茫然。远远地，路的尽头一辆黑色途锐拐进街角，不见了。

应该就是那个老头吧？我看看手中的摆件，气喘吁吁地想到：娘的，这老头难道就为了看我玩真人版《神庙逃亡》？

好歹我算是暂时安全了。拿出手机，我试着给马龙打电话，却无法接通。大概是我还没回"家"吧。

我按照记忆，从小门那边往昨天来的方向走去。没多久就走进了建筑围挡的迷宫中。不知道走了多久。一直走到深夜，走到我几乎没有力气的时候，我猛然发觉，路上的行人一个戴口罩的都没有。

我拿出手机，用最后一点儿电量拨通了马龙的电话。

熟悉的声音从对面传来："八斗，你这两天怎么没来上班？"

我心里一激动，差点儿哭出来。但我还是强行忍住，问了他一道测试题："老板，你昨天让我取的是什么书？"

"《彝族文化》啊，后来张雷给我送过来了。你怎么回事？他等了你一天。"

我想回答他，但手机突然没电，自动关机了。

6   开门谢魑魅，我是太平人

至今我仍不知道，我到底有没有把另一个世界的病毒带来。那天晚上，我害怕传染别人，一直戴着口罩，甚至没去便利店给手机充电叫车，就一直步行到凌晨，才回到家中。回来后我把里外衣物全脱了密封起来，痛快地洗了个澡，倒头便睡着了。

甚至我还梦见了那个住在我家的人，在梦里把他捶了一顿。

第二天，我给马龙打电话，想告诉他前因后果。但每当我说到另一个世界的事时，手机信号就会突然变得很差。反复几次后我明白了，这个世界也有它的规则。不合乎规则的事无法存在。这样我也释然了，只告诉马龙我遇到了无法解释的事，而且手头有一件麻烦的东西，不知道怎么办。

马龙告诉我，把公司那件斗篷上的符号画在一张纸上，包起来就行了。

我问他："这些符号到底是什么？你不是相信科学吗，解释解释呗？"

马龙答："我也不知道原理，这是别人教我的。我也问过，他说这是祖师爷传下来的。"

"吕洞宾？不平人？"

"原来你这次……遇到了他们？"

"没有他们，只有一个人，说是你师父。"

"我明白了。"

马龙沉默了很久，正当我以为他要给我讲一大段往事时，他突然问我："你没事吧？"

"有事还能给你打电话吗？"

"那就好。"

"你给我讲讲太平人呗？毕竟都把我拉进坑了。"

"没什么好讲的，我随便取的名字。"

"我找你师父问去，你信不信？他可让我叫他师公。"

"你找不到他的。"

我被马龙噎住了，半天不知道说什么。

马龙突然说："不过这个名字倒是有个出处。"接着他回忆了片刻，像他师父那样，吟出一首诗来，"寂寞空山里，黄昏百怪新。鬼沿深涧哭，狐出坏墙频。小雨俄成霰，孤灯不及晨。开门谢魑魅，我是太平人。"

"没看出来，你还是个诗人。"

"这是宋朝的一位诗人，躲避方腊起义的战乱时写的。我觉得很符合我的想法，就取了这么个名字，自娱自乐。除了你和小巩，没人知道。"

"你师父也知道。"

"他……"马龙又沉默了一会儿，没回答我的问题，而问我，"他跟你说过我是叛徒吧？"

"嗯。"

"跟我这么久，你应该知道，这个世界比我们想象的要广阔许多。很多东西是我们穷尽一生也无法理解的。那些古代的神秘学家，有道士，有儒生，有游侠。他们——就是不平人——称这些东西为妖魔鬼怪、魑魅魍魉。在不平人的传承里，这些都是害人的东西。为了人类，要全部消灭掉。"

"可太中二了。"

"你记得那次张强浩的事吧？"

"记得，那坑里的味道想忘掉都不可能。"

"我和师父不同，我觉得，我们应该尊重那些东西。"

说到这儿，我终于理解了马龙的想法，也理解了他的师父。说实话，跟着马龙干活对我来说只是一份工作，我从不知道，背后还有这么多事。

我用手机搜出马龙刚才吟诵的诗，不禁念出了声："开门谢魍魅，我是太平人……"

马龙问我："你如果再遇到他，最好想办法联系我。不过他对你应该没什么恶意。"

"差点儿把我玩死，还没恶意？"

"他如果想害你，你跑不了的。他……很厉害。"

"好吧，"我说，"老板，我得请个假。"

"受伤了？"

"也没有，怕你和小巩受伤。"

"多久？"

我翻了翻短信，找到那条长安市启动一级响应的短信。然后这条短信，就在我的目光下，渐渐消失了。

我回答他："至少半个月吧。"

幻人

　　《沙门果经》里说，人修行到一定程度，可以拥有"意成身"的神通。通俗点解释，就是说想象一个人，然后用神通把想象中的人带到真实的世界。

1　跟一盆草谈恋爱？

马龙的办公室窗台上摆着一盆绿植。说是绿植有点勉强，因为花盆里种着的是一株平平无奇的小草。他给那棵草取名叫"小意"。每天早晨，马龙都会用一块丝绸，仔细地擦一遍草叶，洒一点水，偶尔还会跟那盆草说说话。有时马龙出差，他的书房也不让我和小巩收拾，而是专门找阿姨来打扫。那位阿姨和马龙认识多年，也会和马龙一样细心地照顾小意。

我和小巩一度怀疑，马龙离过婚，前妻的名字就叫小意。

毕竟他这个岁数的单身男，工作之外几乎不和异性打交道，只有两种可能：要么受过伤，要么是同性恋。但后者也不太像。

小巩的脑洞比较清奇，他觉得马龙有恋物癖。说不定他跟一盆草在谈恋爱呢？而且草还会跟他互动？想想夜深人静的时候，马龙一个人在公司加班，累了对着花盆一顿神交……毕竟他是马龙，有点稀奇古怪的癖好也正常。

我对小巩的这个脑洞佩服得五体投地。后来我们还问过一次马龙，马龙说我们太闲了，抽出几本书让我们读完写笔记。

大家都是单身狗，小巩却不讲武德，突然宣布谈恋爱了。

小伙名叫林晓波，浓眉大眼，皮肤黝黑，给人的感觉非常壮实。小巩竟然喜欢这种运动款，我也是没想到。

此时，马龙和小巩正带着林晓波参观公司。我和灰尘则在楼下，它坐在猫爬架上，看着我在猫砂盆里扒拉它的屎。

没一会儿，他们下楼了。马龙拿出一饼珍藏的冰岛普洱，坐下泡茶。看他表情眉目慈祥，简直像老父亲招待女婿。

林晓波双颊泛红，神情难掩兴奋。茶杯推到眼前，他伸手去接，被烫了一下。小巩扑哧笑出声，说："要不你也别开店了，以后来我们公司上班吧。做个保洁什么的。"

我问："兄弟开什么店的啊？正好不知道下班吃什么。"

林晓波答："我开的不是饭店，是桌游店，主要做灵异题材的剧本杀。"

怪不得他对楼上那些玩意儿这么感兴趣。

马龙不明白："剧本杀是什么？"

小巩解释："就是一种游戏，几个人扮演剧本里的角色，玩推理游戏找杀人凶手。"

"那不成演戏了？"

林晓波接过话说："不用演的，每个人有每个人的剧本。就是扮演自己的角色，看剧本做任务就行了，很简单的。"

马龙一脸蒙，想了一会儿，问："像杀人游戏那样？"

小巩说："有点像，但也不太一样。跟你们中老年人解释不通，什么时候来玩一次就懂了。八斗也来，刚好推个四人本。"

"我才不去。"

这时，灰尘突然从猫爬架上跳下来，又跳到我的腿上。一根猫毛随着它的动作，落进了我手边的茶杯里。

"哎哟，几万块一饼的茶啊，糟蹋好东西。"

我照着灰尘的屁股拍了一巴掌。它跳到林晓波脚下，后腿一蹬跑没影了。

小巩跟老板撒娇说："老板，你就跟我们去玩一次嘛，就一次。你肯定会喜欢上的。他们店的恐怖灵异本特别刺激！八斗不来你扣他工资！"

我把茶倒进茶海，回她："离谱了啊。我一个抓鬼的，下班跟你玩什么灵异剧本杀，那不算加班吗？还扣我工资？"

林晓波笑了："八斗哥，我们店的布景服务在全长安都算最好的一批。你有空来试试，吓不到你我给你免单。"

马龙给我们续上茶，纠正我说："公司不是抓鬼的。"又说，"你们年轻人的东西，还是你们去玩吧。我给你俩放假，就当休息，花多少钱没事，回来报销。"

小巩欢呼："老板万岁！这下不用打折啦！"

胳膊肘尽往外拐。

又喝了两泡茶，小巩微信约好了她的闺密易小倩，又催我再找个人。我只好约了我弟刘米。下午三点多，我们扔下马龙，从工作室出发了。

临出门，马龙突然拽住我，往我的手里塞了一样东西。我低头看，是一片叶子。

"什么东西？"

"小意。"

"哈？"

"你只管带上，林晓波跟我要了一样东西。万一你们遇上点儿什么，它能帮上忙。"

我抬起头，看到马龙的眼神特别认真。那是他工作时才会有的眼神。

2　玩一局剧本杀

林晓波要的也是一棵草，名叫洞冥草。传说洞冥草生长于北极地区，能够发光照亮极夜，并且能让鬼魅显形，因此洞冥草也叫照魅草。这是东汉方士郭宪所著的《汉武别国洞冥记》中记载的一种神奇植物。

马龙发信息告诉我说，林晓波从上学的时候开始，就喜欢灵异的东西。大学毕业后，他因为不喜欢职场的高压环境，辞职自学写作，靠写怪谈小说赚了些钱。这两年剧本杀兴起，他又写起了剧本杀，还和朋友开了店。

认识小巩后，林晓波对我们公司特别好奇。恰好最近他在写一个关于洞冥草的剧本，因此今天参观公司时，他就问了一句。没想到马龙连这玩意儿都有。

我开着车，情不自禁叹了口气。说了不想加班，最后还是来加班了。

林晓波先回店里准备了。我和小巩去接了刘米和易小倩才出发。按照林晓波给的定位，我们在长安东三环下了绕城高速，又继续往东开了差不多十公里。这里已经离城区很远了，几乎看不到高层建筑。后视镜里，稀稀拉拉的民房和枯树不断往后退去。

坐在副驾的刘米问我："什么鬼地方这是？在这儿也能做成生意？"

小巩的声音从后座传来："比你当社畜赚钱多了。"

又走了一段，导航语音响起："前方右转，驶入无名路。"

我们的右手边是一条坑坑洼洼的泥路。甚至都不能算是路，只是一片荒草丛被轧出了两道车辙而已。我踩下刹车，不太确定目的地是不是这样的地方。

小巩催促："就是这儿，拐进去，马上就能看见了。"

我苦着脸回她："大姐，我刚洗的车。"

小巩的闺密易小倩说："要不咱们走进去吧？"

"走什么走？"小巩拍着座椅靠背嚷嚷，"老板说了报销，搞快点儿！"

我只好往泥路上开。一阵颠簸后，荒草滩被我们甩在后面，视野突然开阔起来。不远处出现一个外墙斑驳的老旧小区，林晓波正站在小区大门口等着我们。他的身边不远处有一大片空地，空地上停着两辆车。林晓波指挥我停好车，带着我们步行往小区里走去。

小区大门两侧是两根水泥柱，表面还有水刷石的菱形图案。显然这个小区的建造时间不会晚于二十世纪九十年代。两扇铁门上满是铁锈，下边还有滚轮，在地上印出两道半弧形的凹痕。铁门一高一低，随意敞开着，让我觉得这两扇门可能压根关不上。

易小倩惊叹："你们怎么找到这个地方的？"

"老板找的，他家就住这儿。"林晓波说，"房子是旧了些，但好在便宜，一套三室不到一千块就能租下来。"

小区里只有两栋六层楼房，楼体很破旧，墙面上爬着大量的爬山虎。还未开春的季节，干枯的爬山虎像是墙壁的裂缝一般。

林晓波带我们走进两栋楼的其中一栋。一进门，左右是长长的甬道，不同于外面，楼道收拾得干净整洁，墙面用心粉刷过，楼道灯全部被改成了考究的小射灯，照着精致美观的装饰画。装修虽说不上豪华，但能看出来非常用心。

林晓波带着我们往右边走去。我看了看墙上的装饰画，发现大多是克苏鲁风格的手绘。让我恍惚以为自己进了一家美术馆。

甬道的两头各有一座楼梯。我们走到右手的楼梯旁，眼前出现一扇哥特风的巨大木门。门口，一个看起来三十岁上下的男人正等着我们。

林晓波介绍说，这是他合伙做生意的朋友，名叫郑荣。郑荣高高瘦瘦的，皮肤很白，看起来好像很久没晒过太阳似的。

林晓波和郑荣把我们迎进去。一进门，视野豁然开朗。巨大的吧台后面摆满饮料，四周是科幻感的蓝紫灯光，工业朋克风的铁艺装置、旧轮胎、油桶，以及嘻哈墙绘，把氛围营造得像《银翼杀手》中的未来都市一般。

奇怪的是，店里除了我们，居然一个客人都没有。

我们在大厅的一张长桌旁坐下。刘米问出了我的疑惑："这么牛的店，怎么一个客人都没有？"

郑荣给我们拿来饮料，解释说："也是赶巧，今天约了几位设计师，我们把旁边那栋楼也租下来了，正准备两边一起升级一下呢。"

刘米敏锐地捕捉到了关键点："你说啥？栋？"

小巩说："对啊，整栋楼都是他们店。厉不厉害？下次来不嫌远了吧？"

易小倩也赞叹道："剧本杀这么赚钱啊？"

林晓波拿来一套剧本，手里给我们分发角色卡和剧本，口中说道："你们是第一次玩，角色就我来分配。这个本也比较简单。下次玩复杂一点儿的，你们自己挑角色。先看剧本，看到该停的地方里面有提示，后面听我安排就可以了。"

刘米问："不是实景吗？就在这儿玩？"

林晓波神秘一笑："我得去准备一下道具，你们先看。"

我拿起角色卡看了一眼，上面画着一个戴眼镜、穿白衬衫的小伙子。卡片的左上角印着两句话：命运无常，唯爱永恒；即便阴阳两隔，也要带你回家。卡片的右下角，写着我要扮演的角色名字：赵成亮。

剧本的封面上，则印着剧本杀的名字：《幻灭之爱》。

我撇了撇嘴，牙有点儿酸。这种三流言情小说文案，我上高中的时候都没人看了，现在还有人喜欢这种路子？抬头看他们几个，都已经打开剧本开始阅读。我只好也翻开了剧本。

大概过了半个小时，我的剧本里出现了一行加粗的字体："未经主持人允许，请勿翻看下一页。"这行字的上方，写着我的游戏任务：查明左颖的真正死因——左颖是我在剧本里的女朋友。在剧本的最后，左颖突然消失了。在我寻找她几天未果后，警察告诉我：左颖烧炭自杀了。

我放下剧本，发现他们几个都已读完。

林晓波早就等在一旁。他见我们看完了剧本，便给我们每人发了一台对讲机和一支手电筒，然后带我们来到了三楼。为了游戏体验，林晓波让我们把手机都交给了他。他再次提醒我们，得到提示前不要翻看后面的剧本。如果想中止游戏，就用对讲机联系他。频道已经调好了。

随后，林晓波掏出一把钥匙，打开了一扇看起来很普通的门。

3　这个游戏不简单

然而，满怀期待的我们却在门开后，没有看到任何意外之物。或者说，屋内的一切都太普通了，普通得让人意外。

这是一套普普通通的三室一厅。所有的陈设都像普通人家一样，连稍微时尚一点的元素都没有。家具门套都是上一辈人最喜欢的酱油色。电视墙是荷花图案的拼贴瓷砖，搭配着红木书架和碎花窗帘。就连沙发套都是绣花带吊穗的那种款式，在下午和煦阳光的照耀下，让我感觉像过年回到了姥姥家。

他们三个反应也跟我差不多。四个人愣了一会儿，一时竟不知道该怎么继续游戏。

林晓波说："你们可以互相做一下自我介绍，聊一聊。只要记着剧本里的任务就行。过一会儿我来组织搜证。"

易小倩问："什么是搜证呀？"

小巩解释："就是去找证据，一会儿你就知道了。"

刘米又问："你们这个布景哪恐怖哪灵异了？"

林晓波微微一笑："别着急，好戏在后面。"说完，林晓波退出房间。咔哒一声，把门反锁了。

我忍不住吐槽："至于么？"

小巩大大咧咧往沙发上一瘫，问我们："你们兄弟俩谁是赵成亮？"

我们三个也在客厅找地方坐下。我回答她："我是赵成亮，你谁啊？"

"我是陆书涵。"小巩又看着易小倩和刘米说，"那小倩就是咱们的美女房东吧？你弟是方兴，我男朋友。"

我一听笑了："你男朋友心挺大啊。"

小巩回怼我："你以为谁都跟你一样。"

在剧本里，我们几人租住在一套三居室里。主卧住着房东，次卧是陆书涵和方兴，我和左颖住在最小的客卧里。

易小倩问："接下来怎么玩啊？就像狼人杀那样，轮流发言找凶手吗？"

我心里一动，按她的意思，似乎在陆书涵的故事里左颖是死于他杀？

小巩一笑："先自我介绍一下吧，姐先给你们打个样。"

随后，小巩讲述了她，也就是陆书涵的故事。

陆书涵在一个特殊的家庭长大。上小学的时候，她父母因感情问题离婚了。之后，因为父母都要组建新的家庭，两个人竟然都不想抚养陆书涵。此后，陆书涵只好离开出生的小镇，回到农村跟着姥姥度过了童年时光。

陆书涵的奶奶是村里的马童。所谓马童，是指农村可以请神的神婆神汉。这些人在北方农村极其普遍，可以扶乱问卜、驱邪辟易、叫魂医人。陆书涵的奶奶侍奉的是黑云大仙。每当奶奶请神时，陆书涵就帮奶奶跑东跑西。因为这个原因，陆书涵从小到大受到很多小孩的排挤。同学们都称她为小神婆。这个绰号被同学带到她上中学的县城里，一直到她考上大学来到长安，身边才终于没人再知道这些事。

大学毕业之后，陆书涵和男朋友方兴租住在一套三室的次卧里。客卧里住着一对情侣，也就是赵成亮和左颖。不久之后，左颖开始在客厅的角落做直播。陆书涵发现，方兴似乎对左颖有点意思。出于嫉妒，陆书涵偷偷翻看了方兴的手机，却只发现他在偷偷给左颖直播打赏。

说到这，刘米突然不好意思起来："我真就是看看直播而已，剧本里写的她直播还挺好看的……"

易小倩突然打断刘米："老实交代，是不是你求爱不成恼羞成怒就把人家姑娘害了？"

刘米大呼冤枉："不能吧，我哥的对象那不就是我嫂子？我有这么丧尽天良？"

"哎哎哎！"小巩不满意了，"不许串台，你现在是方兴。我看你嫌疑大得很。"

刘米说："真不是。你们知道左颖直播什么内容吗？"

我们三个人面面相觑。易小倩试探着问："那种直播不是违法的吗？"

"呸！"刘米嚷嚷，"你们俩能不能尊重一下我嫂子？揣着明白装糊涂，我就不信，你们的剧本里没写她直播什么内容？"

小巩忍着笑再次强调："再串台我可真要骂人啦。"

我问他们："左颖到底直播什么内容啊？"

"你不知道？"易小倩狐疑，"我怎么不信……"

小巩连忙打断易小倩："别给他说！八斗老奸巨猾，肯定是在套话。"

刘米和易小倩顿时闭嘴。

"爱说不说，我还不乐意玩呢。你讲完了没有？"

小巩想了想，说："反正方兴挖你墙脚，我就怀疑他。"

"那你们俩呢？"我问刘米和易小倩，"来，介绍下。"

易小倩说："我跟左颖是同学。"

我说："我知道，所以一个月就收我们四百块房租嘛。还有没有别的？"

易小倩说："我要做任务呢，其他的暂时不能说。"

刘米也说："我没什么好说的，方兴也就是脑子不太好使。渣男这个锅反正我是不背的。"

"那就这样。"我拿起对讲机说，"喂喂喂？晓波，我们介绍完了，可以开始搜证了吧？"

小巩不满道："你就一句也不说了？"

"我叫赵成亮，一个'社畜'，穷得跟狗一样，好不容易谈个对象人还没了。你们不都知道吗？"我扬了扬对讲机，"林晓波干吗呢，不说话？"

他们三个人的目光都聚焦在我手里的对讲机上。等了片刻，没有任何声音从里面传出来。

　　易小倩问："会不会是频道错了？"

　　我把他们几个的对讲机拿过来看了一眼，说："都是 U 段402，一个错还有可能，四个错得一模一样不太现实吧？这下好玩了，门也反锁了。"

　　小巩摆摆手："没事，估计他忙呢。我知道游戏流程，不需要他主持。搜证就是咱们轮流去房间里找证据，然后盘逻辑做任务就行。"

　　毕竟是她男朋友，我想。虽然马龙提醒了我，这个游戏可能不简单，但我总不好直接这么告诉小巩。

　　玩就玩吧，真有什么情况再说。

　　"那好吧，搜证，整！"

　　我站起来，往最里面的卧室走去。

　　小巩的声音从我身后传来："你什么毛病，搜自己屋啊？"

　　我回她："我的任务又不是找凶手。"

4　脑子里有台复读机

　　左颖直播的内容，我虽不知道具体是什么，但也猜得到大概。在故事的后半部分，她转型做了灵异事件探险主播，没事就去一些凶宅之类的地方。他们不告诉我的，无非就是这一类内容。

　　我的名字叫赵成亮，在农村长大。我和左颖是大学时在网上认识的，毕业后一起生活。我们省吃俭用，梦想着有一天能存够钱，在这座巨大的城市中买下自己容身的一席之地。我是程序员，她是电商客服，两个人的工作都很忙。工作三年后，虽然工资在缓慢增加，但却永远追不上房价的增速。后来，左颖被同学叫去一起投资什么炒币平台。起初还能收到分红，但几个月后，我们的所有积蓄在一夜之间烟消云散。从那一天起，左颖突然变得异常沉默……

"我们的对话越来越少。我无数次安慰她，钱以后可以慢慢赚。但她不给我任何回应。每天早上我还没睡醒，她就起床去上班了。我起床后会发现，地上有许多她的头发。扫把不好扫，我双手一捧一捧地把头发拢起来，扔进垃圾桶。每天深夜，我加班结束回家时，她已经睡了。打开门，我总会闻到一股腐烂的味道。我有点分不清，那究竟是来自门口堆积的外卖包装袋，还是我们的生活。这间小小的房子里没有她时，我总会疑惑。从大学毕业开始，我们就用尽一切力量努力工作，为什么却只换来在昼与夜的夹缝中苟延残喘……"

我晃了一下脑袋，不知道怎么回事，从走进这扇门开始，剧本里的话自然而然就在我脑中浮现，好像有人在我脑子里装了台复读机似的。正在我疑惑时，我突然看到脚下的地板上，有隐约的黑色的线。我蹲下来，发现那竟然是扭结在一起的长头发。

女人的头发？一个游戏而已，居然把道具细节做得这么扎实。奇怪的是，我的脑中突然冒出把头发捧起来的想法，随即又被我否决。

不对劲，我怎么会有这样的想法？

这间卧室非常小，屋内陈设和客厅里一样简单朴素。家具除了一张差不多一米五宽的小床，就只有一个通顶橱柜。橱柜上摆着一张女孩照片，大概就是左颖。照片里的女孩厚嘴唇、双眼皮、高颧骨，看起来挺性感的。除此之外，屋里只有热水壶、折叠桌、洗脸盆之类的生活用品。橱柜下面是空的，房间里除了床底下，其他地方一览无余。

折叠桌摆在床尾。那张小桌比一台笔记本电脑稍大一点，是左颖大学时买的，毕业后，我们带着它搬过几次家。左颖用它写完了毕业论文，我们在上面吃过无数顿外卖。现在，上面放着一盏直播灯。

"积蓄被骗之后不久，左颖找到了一间月租只要四百块钱的房子，我们搬了进去。有一天，左颖突然主动跟我说话了。她说她想利用业余时间做游戏主播。她有一位朋友告诉她，直播做得好，每个月能有几千块钱的收入。我们用网贷的钱买了灯、麦克风，还有一块用来遮挡背景的黑色窗帘。窗帘上印着白色的星星和月亮。

"在征得房东的同意后，左颖就在客厅的角落挂起窗帘，开始直播。她很勤奋，每天都会播到很晚。有时甚至晚上只睡三四个小时就起来上班。她的脸色越来越苍白，后来不得不在直播时化上浓妆……

"……方兴在注视左颖。他的眼神，好像想跟左颖说话。但我们并没有那么熟悉。我从没有怀疑过左颖对我的感情，但没人知道方兴是什么样的人，除了那个叫陆书涵的女的。对，她也发现了。她看左颖的眼神充满嫉妒……"

又来了，又是这种感觉。我心里已经可以确定，这个地方一定藏着什么邪门的东西，能在人没有知觉的情况下影响其思维。

马龙曾经跟我说，未知的生命和文明如恒河沙数，许多神话传说中的生物都有原型。但如网络小说或电影中的神鬼一般，以意识影响这个物质世界的东西，以他的博闻强识也未曾听说。

所以说，这个东西连马龙都闻所未闻？

对讲机里突然发出杂音，让我从思考中回到了现实。细微的电流声中，夹杂着一阵一阵的轻微风声。就像是……有人对着麦克风吹气？

此时，一阵敲门声突然响起。

5　直播养幻人

小巩的声音从门外传来："八斗，你干吗呢？"

我走到门口把门打开，小巩接着说："晓波说他们要跟设计师开个会，让我先当会儿主持人。"

"他来了？"

"来什么来，用对讲机说的。"

"就刚才？"

"你没听到？"

我皱起眉头，不可能林晓波刚说完话小巩就立刻来敲门。所以刚才的吹气声不是林晓波在说话。联想到房间里的种种诡异之处，我试探着问小巩："你有没有发现什么不对劲的地方？"

"最不对劲的就是你。就这么大点儿地方，你一个人待着干吗？"小巩一边说，一边伸头往屋里看，"不会真有个左颖在里面跟你谈恋爱吧？"

越过小巩的肩头，我看到刘米和易小倩正坐在客厅里。

"出去说吧。晓波他们的道具做得挺用心的，跟剧本里一模一样。我差点真把自己当赵成亮了。"

我走进客厅，坐在他们两人身边，问他们："怎么样，搜到什么证据了？"

"小巩呢？"刘米问我。

我一回头，看见小巩从客卧里走了出来。她边走边说："还说没人搜你房间不公平呢，居然什么都没有，是不是你把线索藏起来了？"

"我至于吗？"

易小倩说："快点过来，我有重大线索！"

难道他们三个什么都没发现？我犹豫了一下，决定先不告诉他们刚才的异状。

易小倩手里挥舞着一本册子，等小巩走近才说："方兴同学，解释一下，这是什么？"

我们三个凑上去看，发现那是一本画册，翻开看到，里面画着十几页彩铅画，再后面全是白页。我突然想起来，剧本里提到过左颖学过画画。

我问："这是左颖的东西？"

易小倩说："没错，本子和笔都是我送给她的。老实交代，你是怎么害了我的好姐妹的？"

刘米愁眉苦脸："那是左颖送给我的……"

小巩也进入了角色："死渣男！还说你们没有奸情？早知道我就趁你睡觉的时候把你阉了！"

易小倩笑得躺倒在沙发上。

刘米说："我也是挺担心你男朋友的。"

我说："咱不是灵异恐怖题材吗？就这？"

小巩解释："还早呢，刚才晓波跟我说了。大家聊不动了就进第二阶段，读完后面的剧本还有搜证……"

我心想这不得玩到半夜去？于是我骗他们："反正我的任务做完了。你们好了没，赶紧玩后面的。"

三个人一起摇头。

易小倩说："喂，左颖可是我闺密。你这么敷衍让我很怀疑你啊。她生前就一句都没跟你提过她在做什么吗？"

我忍不住想吐槽，又不是真的。再说情侣就是真凶这是什么狗血剧情？

"真没有，打赌！她要跟我说了什么我又瞒着你们，我欠你们一顿日料行不行？"

小巩又进入了主持人角色："哎哎，不能这么发言的。你这个叫贴脸发言懂不懂？不能赌咒发誓！"

易小倩说："那我告诉你吧，左颖去世之前，她直播的内容是养幻人。"

小巩问："幻人是什么东西？"

我无奈道："你说你丢不丢人，好歹这是咱的本职工作。他们两个都知道。"

小巩不服："他们也是看了剧本才知道的吧？"

我给她解释："马龙让你读《沙门果经》的时候偷懒了吧？所谓幻人，据说是源自佛教密宗的一种秘术创造出来的人。这种秘术也叫'Tulpa'。《沙门果经》里说，人修行到一定程度，可以拥有'意成身'的神通。通俗点解释，就是说想象一个人，然后用神通把想象中的人带到真实的世界。"

刘米补充："嗯，就像网游'捏脸'一样。我看她直播也是看这个，哪有什么奸情。"

小巩道："你闭嘴，一会儿再跟你算账。"

我接着说："最早把 Tulpa 带到欧洲的是个法国神秘学家。十九世纪末，她带着秘术回到欧洲，制造了一个幻人。马龙说，后来那个幻人变成了不太好的东西。那个法国人去请了密宗的大师才料理干净。"

刘米说："马龙连这都知道？"

幻人

我说："他跟我说他认识那位大师。"

易小倩惊呼："那马龙不得一百多岁了？看着不像啊？"

小巩说："有没有可能是大师两百岁了呢？"

易小倩仍然不信："那不是更离谱？"

我跟小巩对视一眼，都读出了对方眼神中的潜台词：马龙身上离谱的事可太多了。

刘米推测道："所以说……害死左颖的，可能是她养的幻人？这才叫灵异剧本杀嘛。爱来爱去的什么玩意儿。"

"不可能！"小巩和易小倩异口同声，否定了刘米的推测。

我奇怪道："你们俩怎么知道？"

"反正就是不可能。"小巩说，"幻人是不会伤害主人的。"

刘米狐疑道："刚才你不是还在问，幻人是什么吗？"

小巩仍然嘴硬："幻想出来的人能杀人？你嫂子是梅姨[1]啊？什么鬼剧情。"

刘米吐槽："你也串台了！那是你男朋友写的。"

我转过头问易小倩："你又是怎么知道的呢？"

易小倩人比较老实，结结巴巴说："就、就是我的剧本里写的啊，幻人只是朋友而已。"

看来左颖的死跟她直播养幻人脱不了干系。

刘米嚷嚷："不行，我得好好搜一下你们俩。"

小巩一听急了："第一轮搜证都过去了，不能搜了！"

"那我呢？"我问小巩，"我刚才可没搜。"

小巩犹豫："那、那你只能搜一次。我们都只搜了一次。"

我看看小巩，又看看易小倩，感觉这俩货都挺有嫌疑的。但是话说回来，毕竟刘米扮演的是陆书涵的男朋友，万一有个什么

---

1 梅姨：指女演员梅丽尔·斯特里普（Meryl Streep）。

情况，他多少能有点用。易小倩那可就不好说了……

我站起来，说："行，你们等我会儿。"

我径直走到主卧，推门进去。这间卧室的陈设比客卧要复杂一些，但也没有什么意外的东西。主卧的面积要比客卧大许多，还有卫生间和衣帽间。卧室里，一张大床的左右摆着床头柜和梳妆台，靠墙是衣柜和穿衣镜。床头柜上摆着一张照片，照片里是一只可爱的金色边牧。

我推开卫生间的门，四下检查一番，没发现什么异常的地方。离开卫生间，我又推开衣帽间的门。大概六平方米的地方，三面都是巨大的衣柜。我一扇一扇打开衣柜的门，突然看到一个衣柜的底板上，刻着半圆形的繁密花纹。

我把衣物全拉出来扔地上，花纹的全貌出现在眼前。这是一个阴刻在木板上的复杂图案，线条有毛刺，显然是手刻而成的。图案的外围是两个同心圆，许多线条从圆心穿过，组成复杂无比的几何图形的互相重叠。而在那些图形重叠的部分，则画着许多神秘符号。

衣柜里光线有点暗，我打开手电筒往里面照去，发现木板上的线条呈现出一种暗红色。我凑近闻了闻，一丝淡淡的腥味冲进鼻腔。

好像……是血？

6　衣柜里的魔法阵

正当我想要仔细看看花纹上刻的是什么时，一阵黑暗突然将我笼罩。我愣了一下，随即反应过来，停电了。

外面传来他们三个的说话声，隐约能听到易小倩直叫唤，说正戏终于开始了。

我摸黑走到卧室门口，看到客厅里也是黑乎乎一片，三个人在沙发附近影影绰绰，是他们都打开了手电筒。

我问："停电了吗？"

刘米说："小巩正问呢。"

"天这么快就黑了？"说着，我走到窗前拉开窗帘。

易小倩说："差不多吧，现在应该快七点了。"

窗外一片漆黑，我打开手电朝外面照了照，看到自己的影子倒映在玻璃上："今天是晴天吧，怎么一颗星星都看不到？"

"晓波不回话。"小巩说，"咱们继续吧？"

刘米说："还继续？一会儿停电一会儿他有事的，改天吧。"

易小倩则问我："你刚搜到什么没有？"

我摸了摸玻璃窗，触手温热，还有轻微的磨砂感。

"这好像不是玻璃。"

"不是玻璃能是什么？"易小倩也走过来，用手电筒照了照，"咦，居然装了青空灯？"

"青空灯是什么东西？"

"就是装上以后灯一打开就像天窗一样，跟蓝色天空一模一样的光。我也是最近装修，才知道有这种灯。"

"打开窗户就是阳光，为什么要装青光灯呢？"

小巩说："为了用户体验啊，不管什么时候来玩剧本杀，要什么氛围就有什么氛围。"

刘米反对："有没有可能是为了反锁门、关了灯，正好把我们困在这呢？这要是部电影，林晓波就是大反派，这会儿正给电锯充电呢。"

小巩有点生气了，用手电怼着刘米的脸说："你再说一遍！"

"哎哎哎，别吵。"我赶紧打圆场，"你们猜我在易小倩房间发现了什么？"

易小倩道："什么呀？"

"你们跟我来。"说完，我带着他们走进主卧的衣帽间，把衣柜里的衣服都拿出来，用手电照进衣柜的底板。

"你们看。"

小巩最先反应过来："这是魔法阵？"

"对。而且是浸过血的。你有办法辨认是什么血吗？"

小巩的表情也认真起来，她用指甲抠了一点魔法阵线条上的"染料"，闻了闻，说："确实是血，但量太少了，手头没工具不太好辨认。要不你尝尝？猪血臭，鸡血骚，羊血膻，人血含盐量比动物高得多。"

易小倩有点吓到了："游戏道具而已，没必要用真血吧……"

刘米的关注点比较奇怪："你们太平人工作的时候也带互相嘲讽的？"

我想了想，认真地说："刚才我在客卧的时候，也感觉屋里藏着什么邪门东西。我的判断你们可以相信吧？不管怎么样，总之游戏先暂停，想想办法，有什么事出去再说。"

小巩看我表情认真，点了点头。

易小倩吓得直跺脚："你们是不是 NPC 啊，合起来吓唬我？我不玩了！"

"有我在放心吧，不会有事的。"我安慰了易小倩几句，又问刘米，"你带刀没？"

"什么刀？"

"就你那把破柴刀啊，你不是赊刀人吗？"

刘米无奈："是你们找我玩，我跟我哥玩会儿桌游还得带管

幻人   115

制刀具啊？这法阵你们认识吗？"

"谈不上认识，但能猜个大概。"我说，"魔法阵这玩意儿，在真正的神秘学里其实应该叫魔法圆。魔法圆是用来赐予法师权柄，以及保护法师施法的。就像道士作法要穿道袍。所以首先这玩意儿画在衣柜里就错了，画法阵的人连神秘学的基本常识都没搞明白。然后是这里……"

我指向法阵中间的一个奇怪图案，那个图案看起来像几个马桶搋子绑在一起。

"所罗门的太阳第四星阵魔法护符，画得对，但地方错了。"

刘米好奇道："世界上真有魔法？"

"有啊。魔法在希腊语里就是伟大科学的意思。虽然没电影、动漫里那么神吧，但有是真有的。这个星符画错了，因为它是 T 符……"

易小倩打断我："什么是 T 符？"

"Talisman……"我嘴里蹦出一个单词，随后想到易小倩不懂这些，又解释道，"总之就是星符的一类，星符你可以理解成外国道士画的符。T 符就是在魔法仪式里用的，不是平时身上佩戴的那种符……这些回头给你讲吧。总之这个东西不能刻在魔法圆里。这人真是胆大，半吊子水平居然敢用血，也不怕招惹上脏东西。"

小巩道："别现了，这法阵到底干吗用的？"

"这是个召唤法阵。因为太阳第四星阵的魔法护符，作用是'使肉眼不可见的灵体显现'。但到底是用来召唤什么的就不好说了，画得实在太业余了。"

"我知道是召唤什么用的。"

我们回头，微弱的手电光下，易小倩的表情中透露出一股难言的恐惧。

"幻人。"她说。

我们四个人又回到客厅，易小倩简短地讲了一下她的剧本，也就是房东的故事。

房东名叫陈襄。陈襄的父亲在她小时候跟人斗殴，失手打死人而进了监狱。因为这件事，导致本就性格孤僻的她更加敏感，在学校里没什么朋友。只有同桌左颖愿意跟她玩，左颖贪吃，而陈襄家里有钱，总有很多零食和玩具可以跟左颖共享。

高三时，陈襄的父亲出狱。此时她的母亲已经组建了新的家庭。亲生父母为了财产和抚养权闹得一地鸡毛。本就和继父关系疏远的陈襄，因为父亲的出现更加讨厌这个家庭，甚至最终放弃了高考，选择离开家庭，靠打工生活。

这期间，左颖是她唯一可以倾诉的朋友。陈襄养了一只非常聪明的金色边牧，名叫可乐。靠着可乐的颜值和智商，她成了一名网红宠物 up 主。

"教左颖直播赚钱的，应该就是你吧？"

易小倩点点头："剧本里是这么写的。就在她和你租下我家的卧室之后。后来她直播一直赚不到钱，不知道从哪学的，转型做探险主播，去了几个凶宅，才有了一些粉丝。再后来就是养幻人直到失踪。我的剧本任务是找到她养幻人的方法，复活可乐，就是那只边牧。"

"有意思。"刘米说，"养幻人的巫术还能拿来养幻狗，行不行啊？"

易小倩嘟囔："我哪知道。剧本里只写了我自己偷偷研究巫术做实验，我连衣柜里有魔法阵都不知道。"

"怪不得这个剧本杀叫什么《幻灭之爱》，原来是想跟幻人

幻人   117

谈恋爱结果破灭了。"

小巩表情冷冷的，显然对今天的剧本杀非常不满意。她问我们："现在怎么办？"

我说："当然是先出去啊，既然联系不上林晓波，那咱们就自己找路。你不是代理主持人吗，他没告诉你后边怎么出去？"

"他说……看完剧本的第二阶段，去杂物间。"

"还看什么剧本？"刘米拿着手电站起来说，"杂物间在哪儿？"说完，他走向了厨房。

我说："分头找找看吧，就这么大点地方。"说完我和小巩也站了起来。

易小倩吓得直叫："我不！"

小巩说："小倩跟我一起吧，他们俩不靠谱。"

易小倩还是摇头，带着哭腔说："恐怖片里一分开就要出事，我不！"

"在这儿呢。"刘米的手电光从厨房里射出来，"不用找了，你们快来。"

我们三个闻言都进了厨房。果然厨房里有一扇小门，门开着，里面黑黢黢的，但手电的光能照到里面堆积着一些纸箱之类的杂物。刘米站在杂物间里，指着地上说："游戏后半段的场景应该就在这吧？"

地上居然有一块一米见方的盖板，板上还有把手。刘米握住把手猛地一提，掀开盖板扔到了一旁。手电筒往下一照，黑黢黢的洞口，连接着钢架结构的简易楼梯。

洞口太狭窄了，楼梯很陡。刘米把手电噙在嘴里，掉转身体，双手撑着地板就要往下爬。

易小倩说："注意安全啊……"

我说："没事，他天天玩户外，小意思。你们俩跟着他下去，我走后面。"

我看着小巩和易小倩挨个下去，也学着刘米的姿势转过头，耳中却突然隐约听到什么动物的声音，和刚才听到念剧本声音的感觉一模一样。我努力在黑暗中寻找厨房里有什么动物，但手电似乎是林晓波他们特制的，光线涣散，我什么都看不到。

刘米的声音从下面传来："现在社会太复杂了，以后我去哪都把刀带上。哥，你撅个屁股愣在那干吗呢？"

我低下头，见小巩和易小倩都站在地上等我。从楼梯下来，眼前又是一扇门。推开进去，发现这是一间酒店公寓，大概有三十平方米大小。家具摆设很普通，唯一让人感觉不协调的是，墙上挂着的一幅画。

这是一幅铅笔人像素描，裱在一个黄杨木画框里。之所以让人觉得诡异，是因为画里是一个穿着清朝宫装的瘦小女人。这个女人有点大小眼，法令纹很深，眉尾上方长着一颗痣，而且右脸画得明显比左脸要干瘪。中医里有"血行肝木走左升，气行肺金走右降"的说法，这个女人的面相倒是很符合肺气虚损的症状。也不知道是因为光线太暗，还是因为素描本身就勾勒了浓重的阴影，画里的女人看起来似乎饱受痨病折磨。

更诡异的是她的眼神。女人虽然瘦小，眼皮却下垂得厉害，狭窄的双目直勾勾地盯着虚空，仿佛那里有什么让她无比憎恨的东西。

什么样的人会在家里挂这样的一幅画？

刘米的手电光在画上扫过，跟我说："这阴间画风，够瘆人的吧？"

小巩也吐槽："什么鬼地方？"

幻人 119

易小倩吓得拽着小巩的袖子，左顾右盼，无所适从。

刘米接过话茬："还真是鬼地方，这幅画我的剧本里写过。啧啧，在路上我就说这什么鬼地方，真是太有远见了。"

我好奇道："剧本怎么说的？"

"方兴一开始看左颖直播，就是看她去凶宅当试睡员。这里就是她去过的凶宅。画上的这个女人……"刘米说着故意拉长嗓音，凑到易小倩身边，"她死得好惨啊……"

易小倩气得拍了他一巴掌，说："你讨不讨厌！"

"然后呢？"我问刘米，"左颖在这发现什么了？"

"不知道。我那剧本有点神经病，老说我记性不好。我又没真看过直播，反正剧本里写的是什么状况都没有。"

"要不你上去拿剧本，看看后面。"

"不看。"刘米说着走到房间另一侧的门口，"我饿了，现在只想出去，然后吃一碗葫芦头泡馍。哎呀，怎么又是楼梯？我服了。"

我们三个人跟着刘米出去，发现外面又是一条狭窄的走廊。走廊一侧有两扇门，尽头则是和楼上一样的盖板，此时已经被刘米掀开。

"你先等会儿，这儿还有两扇门呢。"

"又不是开副本。"刘米说，"你要不要连里面的卫生间也看看？"

我突然想起赵成亮的剧本里的一个细节，于是跟他们说："你们等会儿。"然后扭头进去，推开了卫生间的门。

卫生间的地板上，白色的线条绘出一个扭曲的人形。

这里就是剧本中左颖死去的地方。

7 Ἀφροδίτη

易小倩在门外问："干什么呀，不走吗？"

小巩说："闭上眼睛别看。"易小倩吓得连忙闭上了眼睛。

我和小巩前后脚走进卫生间。剧本中说左颖死于烧炭自杀，能看到墙角的瓷砖上有烟熏过的痕迹，但地面整体相对干净。这是因为木炭阴燃过久，很晚才点燃了火盆外的东西。而火盆外，紧贴着的就是人形图案。图案的头部也有一片黑乎乎的东西沾在地上，似乎是因为死者的头部也曾被点燃。仔细看去，还能看到里面夹杂着一些毛发。

小巩蹲下检查了片刻，站起来说："不是人油，这个现场是假的。"她的语气明显比刚才轻松了一些，可能是这个画面把她也吓了一跳。

"你不觉得跟前面比，这个假现场做得太粗糙了吗？"

小巩点头："粉笔画标记案发现场，二十世纪就淘汰了。智能手机时代，拍一下就完了，画有什么用。"

我补充道："而且我的剧本里写的是，警察通知我小巩死于自杀。自杀哪有什么案发现场，明显前后矛盾。林晓波对警察的工作不太了解啊。"

小巩不说话了。

洗手池旁边放着一个药瓶，我拿起来看了一眼，是阿普唑仑。也就是说，照这个现场来看，左颖是死于他杀。她烧炭后没有吃安定，而且经过了惨烈的挣扎。安定是剧本中凶手放的。但话说回来，这一切又都是假的，过于真实的细节和过于明显的错误，让我脑子有点转不过来。

我拍拍小巩："走吧，没事的。"

小巩点头，出门拉上闭着眼瑟瑟发抖的易小倩，我们三个人一起出了房间。我们依次推开走廊上的两个门，发现一间是陆书涵的奶奶家，另一间是陈襄独居时的出租屋。在剧本里，陈襄租给我们的房子是她的父亲留给她的。而陆书涵的奶奶家，则摆放着许多奇奇怪怪的东西，其中大多是请神作法用的法器，这些东西也是陆书涵小时候的玩具。

这些房间应该都是剧本杀游戏的第二阶段，用来给我们搜证的。几个人现在都没心思玩游戏，于是刘米带头，我们顺着楼梯继续往下爬。出乎意料的是，刘米爬了好一会儿，直到他的手电光都看不太清了，才终于朝我们喊了一声："到底了，下来吧！"

我们依次下去，凭感觉，这部楼梯有接近二十米高。林晓波带我们去的房间在三楼，也就是说，现在我们至少在地下十米的地方。

更令人惊奇的是，这么深的地下，竟然有个人工开凿的洞穴。甚至墙壁都没有粉刷，只是用木桩做了简单支撑，洞顶还有铲子开凿的痕迹。丝丝缕缕的植物根茎被砍断，安静地垂在空中。

这种六七层的楼房，地基至少有十米深。也就是说，这个地洞可能已经在小区外面了。

手电光变弱了，照不透黑暗。我们往前走着四下打量，刘米叹气说："怎么感觉越走越回不去了呢？"

小巩说："这种地洞肯定有通风口的，要不然人待不住。"

易小倩突然说："这有蜡烛！"

我们顺着易小倩的手电筒望去，看到一张陈旧的木桌。桌上摆着许多瓶瓶罐罐，还有几根手腕粗的蜡烛。蜡烛周围，凝固的烛泪像小山一样堆在桌上。

刘米问："你们有火没？"

啪嗒一声，一朵烛焰从小巩指间升起。桌上的几根蜡烛被次第点亮。转瞬之间，地洞的全貌出现在我们眼前。

木桌不远处，一片平整的空地上，画着一个巨大的魔法阵。我只看了一眼，就被那些繁复精密而和谐的线条震慑在原地，几乎动弹不得。

这是一个真正的魔法阵。

马龙曾教过我，历史上真实的魔法阵和艺术作品中虚构的魔法阵，最大的区别在于神的真名，或称秘名。在大多数宗教中，神的真名都有着非凡意义。例如佛教的《百佛名经》，信徒持诵秘名就会获得力量。而真实的魔法阵，必然要写上神的秘名。黑魔法和其他神秘学中使用超自然力量的仪式，其基本逻辑是一样的。就如同扶乩要请神，打醮要开坛。魔法师也需要呼唤真神，从而由神灵处借得力量。

我一眼就看到了魔法阵中写着的秘名。A 开头，但 A 旁边还有一个小点。后面的字母我也不认识，总之是看着有点儿像拉丁语的某种文字。魔法阵最外围，是一个衔尾蛇造型。蛇身绘制着无数奇特的文字和符号。而魔法阵中心，则是一个朴素的圣彼得十字，十字的交点处，如船舵一般画上了一个圆环，四周用精致的绳结纹修饰。十字两旁还用单线条画了两把钥匙形状的纹章。

衔尾蛇代表万物原型与循环，圣彼得十字和钥匙共用，象征天堂的钥匙。而圆环和绳结纹，则出自凯尔特文化，代表光环和永生。

小巩拍了拍我："八斗，你怎么了？"

"啊？"我突然回过神来，问她，"你叫我？"

刘米说："从刚才点亮蜡烛开始，你就站在那发呆。小巩说去找通风口，你一点反应都没有。怎么了？"

我想了想，还是如实告诉了他们："这个魔法阵是真的，桌子上那些东西你们最好什么都别碰。"

易小情："真有魔法啊？在这能用出来什么法术？"

我指着魔法阵中央的神名，说："你们谁认识？"

刘米看了一眼，用拼音念起了字母："A……P……O……这是什么玩意儿？"

易小情看了看，念道："这是希腊语，Ἀφροδίτη。"

刘米道："你还懂希腊语？"

小巩解释："小情可是长安外国语大学的研究生。"

我按照易小情的发音，努力检索脑海中记得的希腊神话中的名字，突然灵光一闪，试探地问她："阿……阿佛洛狄忒？"

易小情点点头："你知道？"

刘米问："阿什么玩意儿？"

易小情说："这是古希腊神话中掌管爱和美的女神，也就是维纳斯。"

我的心沉到了谷底。如果古籍中记载的魔法是真的，那么这个魔法阵一定拥有某种真实的威能。做太平人的这些年，让我知道真正的超自然仪式，往往伴随着无法理解的恐怖。而法阵中的各种符号，让我不得不联想到我们正在玩的这个剧本杀。

小巩看我表情严肃，开口问道："八斗，怎么了？"

"你们离远点，这个魔法阵有点邪门。"

刘米不解地问："不是爱和美吗？这么正能量的神，怎么还邪门了？"

"黑社会还拜关公呢。"我说，"你以为黑魔法师只拜撒旦？哪有人认为自己是坏人。人家也是敬神的，魔法阵里写什么，要看魔法的用途。"

小巩问："这个魔法阵很厉害吗？"

我很确定地告诉她："就算是马龙来，也做不到这个水平。这个法阵是一个很厉害的黑魔法师设计的。很多历史上有名的神秘学家，一辈子也就留下几个符印而已。能自己设计魔法阵的，无一例外都是大师。至少马龙肯定是做不到的。而且这个魔法阵和上面那个一样，是召唤法阵。"

刘米反应过来："召唤幻人？"

"大概率是。"我对小巩说，"林晓波这个人不简单，他跟你提过这些吗？"

小巩还是不敢相信："他本来就是神秘文化的爱好者。"

"不可能只是爱好者。"我说，"衔尾蛇身上的符文，我只在《洪诺留斯之书》里看过。这书真本早都失传了，连马龙都只有一份誊抄本，普通人怎么可能看到？"

小巩抿了抿嘴，显然不肯怀疑林晓波，又无法否定我的话。

刘米道："可是这个剧本杀应该很多人都玩过了呀。如果这个魔法阵这么厉害，应该早就出事了才对。"

易小倩说："会不会出过事，所以选在这种地方开店……"

"不可能！"小巩反驳，"我都来过好多次了。他们店在网上评分很高的。"

我说："真要用出这个魔法，还需要一些其他东西。而且这个也看体质，魔法师在古代可是特殊人才。其实只要看一眼剧本后面的任务就知道怎么回事了。你们带剧本了吗？"

三个人都摇了摇头。

此时，我们四个人的影子突然一阵晃动。我吓了一跳，回头一看，发现是木桌上的烛火在摆动。

"有风？"刘米说，"不管怎么回事，先找找通风口，出去再说。"

我们三个都表示同意，四个人继续往洞穴深处走。洞穴深处越走越窄，走了几分钟后，左右两侧的洞壁已经只有两米多宽。空气流动的感觉越来越明显，似乎出口就在前方。片刻后，手电照到前方的什么东西，将光线反射了回来。再走一段，原来反射光线的是一扇玻璃门。而玻璃门后，一个人影如雕塑般直直地站在那里，一动不动。

8　黑云大仙

"晓波？"小巩不太确定地往前走了几步，终于看清，然后惊喜地喊出了声，"你怎么在这儿？"

林晓波站在玻璃门后，没有理小巩，而是看着我说："游戏还没结束呢，你们怎么不玩了？"

刘米不客气道："你先把门开开。"

林晓波道："免费给你们开了本，不玩完就走？真是太不尊重人了。"

小巩突然惊呼出声："晓波，你身上这是……"

此时我们也走到玻璃门旁。我的视线落在林晓波的衣服上，上面有一大片红色的污渍。林晓波的手上、脖子上，都有溅射形状的红色斑点。

是血迹。

林晓波回答刘米："开不了，这扇门是钢化玻璃做的。"

易小倩也看清了林晓波身上的血迹，她惊呼一声，难以置信地捂住嘴，硬生生将叫声咽下。刘米上前一步，将她护在身后，冷冷地盯着林晓波。

林晓波表情平静，但脸上隐约有一股淡淡的潮红色，似乎他此时非常兴奋。我突然想起人物卡上印着的那句话："即便阴阳两隔，也要带你回家。"

我试探着问他："剧本里的故事是真的吧？你是赵成亮？"

林晓波笑了："什么叫专业，这就叫专业。要是早点认识你们就好了，我也就不用开什么店了。"

"你想做什么？利用玩游戏的人，帮你复活左颖？"

"我要小颖回来。"

"幻人不是人，更不是左颖。"我告诉他，"用黑魔法召唤出来的东西，不该来到这个世界。"

"该不该不是你说了算，而是我。"

"晓波……"小巩也明白过来，她嗓音有点哑，"你跟我说过的那些话，你说对我好，说我们旅行结婚，去看极光……都是骗我的吗？"

林晓波冷笑："跟小颖比起来，你就是个泼妇。"

易小倩气得大骂："渣男你妈死了！"

林晓波不屑地看了一眼易小倩，没有回应。

小巩双眼流下泪水，但仍笑着问："所以你认识我，是为了找马龙？"

"是啊，你老板在圈子里特别有名。但是据说他油盐不进，我只好想了这么个办法。"说着他又看向我，"没想到来的是你。不过没什么关系，仪式完成不了，你们就一起死在这好了。"

说完，林晓波扭头往洞穴深处走去。片刻之后就消失了。

"砰"的一声，小巩哭着狠狠一脚踹在玻璃门上。玻璃门纹丝不动。

易小倩心疼地安慰小巩："没事，早分早解脱，以后还有更好的。"

刘米问我："怎么办？要不我试试砸门？"

我摇了摇头："做事这么精细的人，门窗肯定是加固过的，不可能砸得开。"

"难道真得帮他召唤什么幻人？"

"总比困死在这要好。"

我们又安慰了小巩几句，便转身往回走。途中刘米问我，林晓波身上的血迹是怎么回事？我心中隐约有一个推测，但没有说出口。

刘米又问我，究竟应该怎么完成仪式？我告诉他，得去找两样东西——媒介和拉门。

媒介很好理解，许多巫术和黑魔法都需要这类东西。血液、指甲、头发，都可以当作召唤灵体的媒介。刚刚林晓波让我完成仪式的时候，我立刻想到了赵成亮房间里的头发。那些设计想必是有意为之，并且都写进了剧本里，引导玩游戏的人去完成仪式。如果这个故事曾真实发生过，证明房间里的头发，全部来自左颖。

我有点不敢想象，林晓波是怎样从爱人的遗体上，取得了那些头发。

而拉门，则是真正的魔法仪式中至关重要的东西。它的作用类似于魔法阵，可以保护魔法师不被灵体所伤，同时赋予魔法师比灵体更高层级的力量。一个合格的魔法阵必须搭配同样特殊的拉门，才能完成施法。某种程度上来说，拉门的设计制作，比魔法阵还要困难。它需要准备许多特殊的材料，在特定的时间炼制，因此魔法师要研究炼金术、占星术、天文、几何、神学，甚至还有文学和数学。

在古典魔法中，施法者还需要穿戴特定的装束，包括刀剑、魔杖、长袍和冠帽。但这个魔法阵明显是为了召唤幻人原创的，应该不需要这些古代人的玩意儿。

易小倩走在小巩旁边，嘴叨叨不停，还在骂林晓波是个狗东西。我给刘米解释明白拉门是什么后，我们也走到了铁楼梯旁。

我告诉他们："安全起见，大家一起上去。东西我来找，你们尽量什么都不要碰。"

看小巩还在难过，我又叫她："哎，小巩？"

"嗯？"她表情木然。

"马龙老婆是纸片人。"

"什么？"

"他撕了一片小意送给我。"

小巩扑哧一声笑了出来。易小倩和刘米表情茫然，都没听懂我这个没品的笑话。

"走吧。"说完我带头爬上了楼梯。

回到二楼，我们先去了陈襄的房间。这是一套普通的一居室，客厅的地面上，摆着一个木制狗窝和食盆。家中随处可见狗狗的玩具和照片。易小倩也说，剧本中的陈襄没有从家庭里获得任何关爱，所以导致她讨厌家人而喜欢动物。我还在房间里找到一只硕大的毛球，毛球上缝着纽扣和布贴，像毛绒玩具一样，看起来非常可爱。易小倩说那是陈襄用可乐的毛织成的。

不久之后，刘米在床底下的抽屉里，找到一个圆形的金色挂饰。但我一眼就看出来，那不是我们要找的拉门。尽管挂饰金光闪闪，看起来很贵重。但真实的拉门往往都是合金，而且牌子上没有刻阿佛洛狄忒的名字，所以不可能是我们要找的东西。易小倩根据剧本内容推测，这应该是她完成游戏任务，也就是复活可乐所需要的道具。

我们又去了隔壁的房间。不得不说林晓波真是下了功夫，房间和小巩的剧本里描述的一模一样，是典型的北方农村民居的样子。土炕大灶，墙上的神龛还供着她所说的黑云大仙。

　　小巩告诉我们，剧本中的黑云大仙，是在西北农村中传播的一种隐秘信仰。陆书涵从小跟着奶奶，认识了很多信仰黑云大仙的民间巫师，并且学习了巫术。而幻人秘术，就是她跟一位民间巫师学的。

　　在剧本的故事中，陆书涵因为嫉妒方兴和左颖的暧昧关系，才建议左颖去鬼屋做探险主播，又教她养幻人。但陆书涵并不知道左颖之死究竟是怎么回事。后面的剧本小巩也没看过，陆书涵究竟对左颖做了什么，不得而知。

　　最终，我们在左颖死亡的卫生间浴室柜里，找到了一只精致的木盒，盒子里放着一本发黄的小册子和一个银色挂饰。大略翻了翻，册子里写的是魔法仪式的详细过程。那个挂饰我第一眼看到就非常确定：这就是我们要找的拉门。

　　拉门摸起来像是某种铝铁合金做的，这符合魔法书籍中对于秘银的描述：银的色泽、轻且坚硬。它的表面镌刻着古朴的符印，符印的正中央，是阿佛洛狄忒的真名。一行小字在拉门的边界绕成一个环形。

　　易小倩看了一眼，告诉我们，这是萨福的诗歌《永恒的阿佛洛狄忒》中的一句。

　　易小倩学习希腊语时恰好读过这首诗。经她翻译，我们得知这句诗的意思是："请将她带回我的身边，结束我的痛苦。"

　　"这就对了。"我低声说，"连赞美诗都找得这么准确，真是煞费苦心啊，林晓波。"

9 黑魔法仪式

我们顺着楼梯爬回楼上。我去客卧取了一小撮头发，随便找块纸包好。一出门，正好看到刘米举着一把椅子。

我问他："你干吗？"

刘米说："感觉下边还是有点邪门，太危险了。我砸窗试试。"

说完也不等我同意，他使劲把椅子砸向了窗户。一声巨响，玻璃碎裂。我们走到近处，却发现碎的只是灯罩，灯的后面是混凝土。

刘米吐了口唾沫骂道："你妈的。"

我拍拍刘米："走吧。"

小巩突然说："左颖可能没死。"

"什么？"我转过身，看到她和易小倩站在沙发旁，拿着剧本正在翻阅。

"我的剧本第一阶段任务是隐藏教左颖巫术的事。第二阶段却是找到真正的左颖，要回奶奶的笔记。"

易小倩好奇问道："真正的左颖？这是什么意思？"

小巩想了想，说："我也是猜测。剧本里面陆书涵学会的第一个巫术是嫁祸术，就是把不好的事转嫁给别人。奶奶曾告诉她，有一种更为霸道的巫术，和嫁祸术同源，能够转嫁生魂。难道这个任务的意思是说，左颖偷了陆书涵奶奶的笔记，学会了这种巫术？要不然剧本里写它干吗？"

易小倩说："就算像八斗哥说的，林晓波就是赵成亮，那最多只能说赵成亮和左颖是真实的。方兴和陆书涵的故事，完全是他虚构的也不一定。说到底他是要写剧本杀嘛，总得想办法给每个人设置任务。世上哪有那么多又曲折又巧合的事。"

刘米的角度跟她们不同，他说："有没有可能，这个任务是让陆书涵跟鬼聊天呢？"

"呸呸呸！"易小倩不满道，"你这个人怎么这么喜欢胡说八道？"

"把剧本带上吧。"我说，"出去再研究。"

我们沿着楼梯再次下到地洞里。桌子上的蜡烛仍然在安静地燃烧着。

我按照册子上的提示，从桌上拿了几种魔法香料，然后一一摆放在魔法阵中。他们三个人站在魔法阵外等候。刘米担心地说："哥，要不我来吧？丁神途教过我一招保命技能，我来安全点。"

我回他："在魔法阵里用你们赊刀人的技能？神仙打架凡人遭殃，我宁愿只跟鬼打交道，还简单点。"

马龙曾说，我和小巩能够成为不平人，不光是因为我们的职业技能。更重要的是，我们的体质都很特殊。我六岁时，曾经失踪过一年。我的父母都以为我被人贩子拐走了，在全国各地找了一年都没有结果。一年后，我突然又出现在了家里。没有人知道我去了哪，也没人知道我身上发生了什么。总之自那年以后，我看待一切东西似乎都有了一层滤镜，清晰而简单。我成了同学家长口中的别人家的孩子，一个学习不努力但成绩逆天的学霸。

我不知道马龙所说的特殊体质是不是和这件事有关系。但他曾说，绝大多数普通人在接触到隐界众生后，精神都会受到影响。而我却似乎天生能在任何情况下保持清醒。

万事俱备，希望我的这种天赋是真的。

我开始准备魔法仪式。根据那本小册子上的记载，Tulpa秘术需要长时间投入精神力，来完善幻人的细节，包括外貌、习惯、人格、喜好，甚至潜意识层面的东西。林晓波用剧本杀简略了这个过程。他让游戏玩家在无意识中，在脑海中建造了名为左颖的幻人。甚至他还用照片把幻人的外貌都统一了起来。

我将左颖的头发放在祭台上，然后集中注意力，仔细回想左颖的外貌，在脑海中把剧本中的故事对应在楼上的那些场景之中……

"失去小颖，我就失去了夜晚。我的人生只剩下永无止境的白昼。那耀眼的光芒让我如芒在背，使我焦虑、躁怒、颤抖，无法获得片刻的安宁。我需要宁静而温馨的黑暗。有无数个夜晚，当我回到家，我都能听到左颖的呼吸声。就连她打鼾都让我觉得心安。这是独属于我的。我需要黑暗，我需要你……

"……小颖居然在做这么有趣的事情。幻人？但我绝不相信，她会想创造一个除我以外的陪伴者。因为我们对彼此来说，独一无二。我知道，她是为了赚钱。我们怕穷，我们真的好穷。但是现在不一样了，小颖。我们现在有钱了，我们买得起房了，我们还可以买车，买车位……我要带你回来……"

"八斗？"

我听到很遥远很遥远的地方，有一个声音在呼唤我。是一个女人的声音，非常熟悉……是小巩？

我猛地回过神，然后才发现自己刚才再次陷入了那种状态。与之前不同的是，这段话我根本没在剧本里看过。这是即将被我从虚无世界中召唤出来的左颖的声音吧？狗东西搁这儿说单口相声呢？

小巩他们就站在我身边几米处，但我却感觉耳朵被蒙上了一层薄膜。我感觉自己呼吸变得非常缓慢，视力也开始模糊。我明明能看得到她和刘米的嘴在动，却听不太清他们在说什么。

真是大意了，差点着了道。

幻人   133

我拿出拉门，郑重地佩戴在脖子上。

一瞬间，那层遮蔽我五感的薄膜突然消失，他们的呼喊声也冲进我的脑海。眼看刘米就要冲过来，我连忙喊："我没事，别进来！"

刘米停步，但神情中仍然难掩焦急。

小巩问我："你刚才笑什么？差点被你吓死了！"

我刚才……笑了吗？

我闭上眼睛，强迫自己中止无谓的想象。从我开始在脑海中绘出左颖的面目时，这场黑魔法仪式就已经开始了。现在我没时间去思考太多事情。

我再次强调："不管发生什么事，别进来！"说完我不再理会小巩，抓了一小把眼前的魔法香料，撒在空中。

一阵异香在空气中散开。

"永生的阿佛洛狄忒，请聆听我的召唤……"

我能听见自己的声音，却有点不敢相信，自己的嗓音为何如此沙哑。我再次撒下一把香料。烛焰无风自动，一阵闪烁。黑暗中，他们晃动的影子闪进我眼角的余光。恍如来自黑暗的未知生物在篝火前起舞。

接下来，我的嘴突然说出了没经过我大脑思考，甚至根本不打算说的话。

"为我已死的爱情注入生命之泉；为我绝望的灵魂点燃希望之火；将我心爱之人带回我的身边……"

几乎所有魔法咒语的构成，都无外乎神名、祈唤、赞美、诅咒、忏悔这几大类内容。虽然这段咒语和我原本构思的不同，但我还是忍不住想吐槽，难道老外的神上国产法师的身，也用译制片腔？噢，我的上帝……不是亲身经历我真是不敢相信。

咒语在洞穴中回荡，我双手不停，不断地将魔法香料撒向空中。香味在空气中交汇，逐渐演变成一种无法描述但绝对不好闻的味道。

"赞美永恒的阿佛洛狄忒，以端坐于金色宫殿之上的女神之名，左颖，我命令你出现！"

刹那间，我的五感再次回归了身体。此时我才发现自己汗如雨下。

小巩和刘米焦急地问我："你怎么样？"

"我没事。"我想往前走一步，一迈腿差点儿跌倒。我这才发现这场魔法仪式对身体的消耗有多严重。我喘了两口气，告诉他们："结束了，别过来。"

易小倩问我："八斗哥你刚才说的是什么语言？我连听都没听过。"

"汉语啊？还是那种老式译制片腔。"说到一半，我发现他们都难以置信地看着我。难道神仙只帮我做了同声传译？

然而一秒之后，我就否认了这个想法。因为我看到，一片灰色阴影从我脚下升起，瞬间将我盖住，又蔓延向了他们。

他们看的是我身后的东西。

我一阵头皮发麻，立刻抓住拉门，高高举起，猛地转过身来，同时对着他们大喊："快跑！"

然而我身后什么都没有。

"哥！"刘米喊道，"那个东西在你身上。"

我再次转过身，还是什么都看不到。那个东西是什么东西？在我身上？哪里？后背？头顶？

我鼓起勇气，努力抬起额头，看向头顶。但无论我怎么努力，都只能看到一抹淡淡的灰色阴影。

"先别管我，我没事！快跑！"

他们三个还是不肯动弹。

不知何时，林晓波出现在了洞穴中。他眼含热泪，用哭腔呼喊着小颖，跌跌撞撞地向我走来。

"小颖，我的小颖，你回来了。"

一边走，林晓波一边开始脱自己的衣服。

真是个死变态啊。我怎么觉得自己被一个变态男给盯上了？

诡异的是，就在他脱下上衣扔在地上的一瞬间，一股诡异的绿光从他胸口散射开来。光线并不强，却有一种让人忍不住赞叹的宏伟之美。

"洞冥草，夜如金灯，折枝为炬，照见鬼物之形，亦名照魅。"

照魅啊……林晓波这个狗东西，居然把洞冥草吃下去了？

就在我愣神之间，林晓波已走到我的眼前。绿光将我笼罩，不远处，刘米他们眼中的恐惧比刚才更甚。我不敢想象自己正背着什么东西，一时之间竟不知道该如何行动。

不管怎么说，左颖，或者说那个不知是什么鬼东西的幻人，都不该从我身上出现。这算什么？我的想象借黑魔法凝结成了现实？就算是这样，物质世界与思维世界的门也该是魔法阵才对，我只是媒介。

想到这里，我低头看向了自己脚下。果然，那里也有丝丝缕缕的灰色物质正从地下冒出来。就在我观察的刹那，那物质在绿色光线的照耀下，竟似乎开始要从气体凝结为白色的固体。看颜色和质地，居然有点像人皮。

我心中警兆顿生，不能等了，待下去必死。我一咬牙，猛地一脚踹翻林晓波，往他脸上吐了口唾沫，撒腿跑出了魔法阵。经过他们三个时，我一把拽住小巩。刘米福至心灵，也一把拉起易小倩，我们往地洞深处跑去。

一声凄厉而尖锐的咆哮声从我们身后传来。

我忍不住扭头看了一眼，只看到魔法阵中飘出的灰色物质，在空中凝结成了一张巨大的人脸。依稀可以看出，那是左颖。然而这张脸像是画在水面上一般，水彩颜料伴随着波纹漂漂荡荡，似乎下一秒就会被撕裂。

林晓波张开怀抱，拥向虚空。灿烂的光芒自他胃中喷薄而出。他高昂着头，我看不到他的表情，却能看到那张已经开始皲裂的巨脸，用冷漠的眼神看了一眼我，又看向林晓波。

魔法阵已经停止运作，我知道左颖……其实我更想称它为怪物，它不会再有完整的躯体了。之后会发生什么，我不知道，也不敢想象。

从魔法阵到隧道出口只有几十米距离。十几秒后，我们已经跑到了玻璃门旁。门开着，也不知是林晓波守信用还是忘了锁。穿过玻璃门再走几步，一座铁制楼梯出现在我们眼前。

我们手脚并用，从楼梯上爬了出去。直到看见明亮的月光，我们四个才松了一口气。

地洞的出口被几块围挡围住，其中两块歪歪斜斜，露出一条缝可以供人通过。我们四个依次出去，才发现我们身处的位置，就在停车场几十米外。

这种破烂围挡在城郊荒地很常见。谁能想到这么几块破围挡中间，藏着一个地洞，里面还有那样不可思议的事情正在发生？

我们一路跑到停车场处，幸好车钥匙我带在身上。四个人上了车，才终于放松下来。在这种时候，现代的工业产品能给予我们无与伦比的安全感。

然而发动汽车后，我却犹豫了起来。

刘米问我："走啊？想什么呢？"

"不行。"我说，"得回去救人。"

易小倩道："那种渣男咎由自取，你管他做什么？"

小巩却说："太平人有自己的规矩，不管他做过什么，面对那种东西的时候我们都要先尽力救人。"

"而且还有郑荣在。"我补充道。虽然在我的推测中，郑荣很可能凶多吉少。但我没有告诉他们这一点。

他们不再说话，默默认同了我的决定。

我问刘米："丁神途教你的那招保命技能，什么路数？"

"我也没用过，他只说那招很危险。除非觉得自己快没命了，否则别用。"

我点点头："一会儿我出来，喊救命的话你就用那招，把大家护住。明白吗？"

小巩说："我也是太平人，我跟你去。"

"还是我自己去吧，那玩意儿是我召唤出来的。"说着我晃了晃脖子上戴着的拉门，"有这东西，我比你们安全。"

说完我下了车，再次走进小区大门。

10　看不见的狗

月明星稀，爬山虎横梢瘦影，如鸟迹鱼踪，又如老树虬曲。

我推开大门，摸黑找到开关按下。甬道里的灯渐次亮起，我快步走过，来到接待大厅。四下无人，吧台上放着一个塑料筐，走近一看，里面扔着我们的手机。我拿起手机想给马龙打电话，却发现没有信号。

这就是中国联不通啊，几百年前的黑魔法，居然能把信号屏蔽了？

我只好拿着手机往外走，但出了门仍然一格信号都没有。没办法，我只好先把手机塞进兜，回到楼里去找郑荣。

从看到林晓波身上的血迹开始，我就猜测那些血很可能来自郑荣。毕竟我们亲眼所见，整栋楼除了我们四个，就只有他们两个人。但他们俩的关系是合作伙伴。这栋楼动了这么大的工程，且不说耗资多少，光是工程量就不可能瞒得住另一个人。所以郑荣对林晓波所做的事，至少是部分知情的。

既然是共谋关系，林晓波有什么理由要害郑荣呢？难道是两个男人争风吃醋？为了我召唤出来的那个人不人鬼不鬼的左颖？

脑中胡思乱想的时候，我已经把接待大厅找了个遍。没有找到任何线索。我来到二楼，一扇门一扇门去找，发现大多数的门都是开着的。不得不说，郑荣和林晓波真是花费了心思。我从二楼找到三楼，又找到四楼，一路上看见了无数不同风格的房间，每一间的细节都非常考究。我看到了几可乱真的热带雨林、破败古寺和太空舱，甚至有两扇门，后面是君临红堡的铁王座和异形的巢穴[1]……

四楼楼道的尽头，终于出现一个迥然不同的房间，一看就不是玩剧本杀的地方。这个房间太小了，目测只有十几平方米，根本坐不了几个人。房间里摆着两张办公桌和几个文件柜。这应该是林晓波和郑荣办公的地方。

我挨个打开文件柜，里面放着许多盒装的剧本，一些历史、考古和神话研究的基础读物。最底层一个柜子里，放着《所罗门的小钥匙》《贤者之书》等几本西方神秘学古籍的影印本。

没什么线索，整个房间一览无余，郑荣也不可能藏在这儿。

1　均为影视作品中的场景。

我离开他们的办公室，走到楼梯口时，突然听到一声若有若无的女声，吓得我一机灵。

小巩和易小倩都留在车里，这个女声是谁？难道左颖已经上来了？

我放矮身形，抓住楼梯扶手四下观察，却什么都没发现。突然我耳后一凉，伸手摸去，触手黏湿。一股淡淡的腥味冲进鼻腔，接着，指间的暗红色让我明白过来：那是楼上滴下来的血。

应该是郑荣。

我快步爬上楼梯，果然在五楼的楼梯口看到了他。郑荣头、脸、身上全是鲜血，半闭着眼睛，背靠在楼梯扶手上，气若游丝。血在地上洇开一大片，从扶手旁的缝隙滴答滴答滴到了一楼。怪不得我一路上来都没发现。

我蹲在郑荣身旁，想帮他包扎止血，却看见他耳朵上方的后脑凹下去一块，胸腹之间更是惨不忍睹，甚至隐约看到刺开皮肤的肋骨。地上扔着一根撬棍，可以想象林晓波偷袭郑荣后，又以多么暴虐的方式下了死手。我想起对讲机里的喘息声，是不是就在那时，林晓波刚刚杀害了自己的合作伙伴？

他已经彻底疯了。

我心中恻然，这样的伤势肯定无法抢救了。而且从林晓波第一次出现在我们眼前开始，时间已经过去了大半个小时，这么久的时间，光是失血就足以致郑荣于死地。

"晓……"那个女声突然再次响起，我一愣神，然后发现声音竟然是从郑荣口中传出来的。郑荣是女的？可我们刚来时，他明明是用男声跟我们说的话，而且他身材瘦削，喉结非常明显，我百分百确定他是男人。可现在的他，已经处于回光返照的状态，根本没有可能细着嗓门模拟女音。

这是怎么回事？

"晓波……"

我终于听清，郑荣是在呼唤林晓波。可林晓波是他的仇人，郑荣为什么还会以"晓波"来称呼他？我贴近郑荣，努力想听清他的话，然而，他只留下一个模糊的发音，就永远闭上了眼睛。

他说的是："前。"

我站起来，脚跟无意碰倒了一个玻璃瓶。瓶子骨碌碌转了几下，滚下了楼梯，声音在空荡荡的楼里异常清晰。

那个瓶子我认识，那是马龙独有的用来存放标本的瓶子。我恍然大悟：林晓波在这里吃下了洞冥草。那应该是在杀害郑荣之后吧？为什么呢？为了独占洞冥草？

就在怅然之时，我看到楼梯拐角处的玻璃瓶突然碎裂。马龙的瓶子是我给他特制的，坚固异常，用手枪近距离射击都打不穿。可楼梯拐角就那么大点地方，根本什么都没有，是什么东西弄碎了瓶子？

低沉的咆哮声在虚空中若隐若现。我突然回忆起来，从杂物间爬下楼梯之时，也曾听到类似的声音。好像是……狗？

从见到林晓波开始，我唯一看到的和狗有关的东西，就是陈襄的那只边牧，可乐。一个可怕的想法在我脑中瞬间成形，让我一阵毛骨悚然。

那个以鲜血献祭过的半成品魔法阵，那个金色的拉门，以及易小倩告诉我的陈襄的任务，复活可乐。

我看不见的东西，是被半成品的魔法阵召唤出来的狗？

玻璃碎片被无形的力量碾成了更加细碎的粉末。

一阵轻微的电流声从我腰间响起。那是我一直别在腰带上的对讲机。在我第一次被剧本里的声音影响时，就有电流声出现。

也就是说……它在靠近我……

童年时的我经常被流浪狗追逐，好像犬类能洞察我内心深处对它们的恐惧，进而选择露出獠牙。同学教给我一个办法，随便扔出什么东西就可以了。狗毕竟是狗，它会去追。

我轻轻取下对讲机，平伸出手，心中祈祷这个看不见的狗不狗鬼不鬼的东西能够像狗一点。咔哒一声，对讲机被我丢向四楼楼梯。它滚动的声音回响片刻，归于寂静。而眼前的玻璃碎片，也恢复了静止。

11　它们被召唤出来了

我的左手边是楼道尽头的窗户，这里是五楼，我肯定不能跳。唯一的逃生路在右手边，穿过甬道就会到达另一座楼梯。可我刚刚转身，就感觉面前的气温迅速降低。仿佛在我前方不远处，有一台空调在对着我吹冷气。

不止一个，那东西还有……

我放慢动作，轻轻往楼道上退去。十几秒后，我已经快要来到楼梯拐角处。上面是顶楼，但我已无路可去。

郑荣的血液突然动了起来。不，不是血液在动，而是那无形之物踩在了上面。接着，我看到它血色的脚印落在地面，爬向楼梯。一个、两个、三个、四个、五个、六个……那一摊血还在动，甚至幅度越来越大……

我的呼吸有些颤抖，直到此时我才明白一件事：有多少客人玩过这个剧本杀，就有多少这种东西被召唤到这个世界。如果林晓波的店此前没出过事，那么只有一个可能——它们今天才被唤醒。唤醒它们的要么是我的魔法仪式，要么是郑荣的死亡气息。

我努力克制着自己的恐惧，绞尽脑汁思考着脱身的办法。怎么办，如果是马龙他会怎么办？小意……对了，我还有小意。

我拿出兜里那片小小的草叶，轻轻放在地上。就在它接触到地面的一瞬间，无法名状的咆哮声响彻了整栋楼。我被震得眼前一黑，差点跌倒。我强忍着眩晕，三两步跑到六楼，顺着钉在墙上的消防检修梯爬上了楼顶。

楼顶的地面上铺着沥青布，上面除了石子什么都没有。这种楼顶我只有小时候在学校的教学楼顶才见过。我随手扯下几块沥青布，盖在检修口上，然后绕楼转了一圈，寻找下楼的地方。

这栋楼实在太老了，排水口是新装的塑料管，根本承受不住我的体重。唯一的下楼路线是天然气管道。但天然气管道最高只能到六楼，不能通到楼顶。也就是说，我得想办法先荡到五楼。

以这栋楼的老旧程度，天然气可能早都停用了。细细的管道上布满铁锈，我甚至有点怀疑它有没有塑料管道结实。

身后传来砰砰的两声闷响。我知道，小意要抵挡不住了。我立刻抽下腰带，扣进最里面的腰带眼当作绳套，又把脱下的外套绑在腰带另一端。我趴在楼顶边缘，试了几次，才把绳套套进六楼天然气管道的三通处。

检修口的响声越来越大，我双手紧紧缠住外套，一咬牙，从楼顶跳了下去。

天然气管道距离楼顶接近两米。也就是说，我在下落了四米左右后，腰带才骤然吃力绷紧，把我狠狠砸在了外墙上。我被撞得头晕眼花，肩、肘和后背同时传来剧痛，不用看也知道，水刷石的外墙肯定擦掉了我一大片皮肉。

还未来得及喘息，嘎吱嘎吱的声音自管道中响起。果然就像我猜的那样，管道已经太过老旧，比塑料管结实不了多少。

与此同时，楼顶传来密密麻麻的脚步声。我的身体伴随着铁制管道的刺耳呻吟，慢慢下落。四楼，三楼。我抬起头，看到有一段管道已经几乎弯曲到六十度角。眼前就是墙面，我不知道上面的爬山虎种在哪里，也不知道爬山虎结不结实。

没有选择，我腾出一只手，努力抓住干枯的爬山虎，贴到墙面上。片刻之后，管道终于不堪重负，哗啦啦从外墙上倒下一大片来。我的身体重重跌落，只能双手努力去够爬山虎。然而还未感受它是否有缓冲的作用，我就觉得脚踝一痛，掉到了地上。

管道的掉落荡起大片灰尘。幸好今天月光异常明亮，让我能够看到有东西从楼上掉下来，将灰尘荡开……那东西追下来了。

我忍着脚踝的剧痛，努力爬起来，跌跌撞撞往停车场跑去。几十米的距离，竟感觉跑了很久。耳边是动物踩过草地的声音，低沉的吼声，还有我自己越来越重的喘息声。

转过大门，我终于看到了刘米，想要呼救却发不出声音来。但毕竟是亲兄弟，他看到我的样子，立刻意识到危险，然后双手结印，原地扎了个马步。

这个中二到极点的动作差点让我一头栽倒。

小巩和易小倩从车里出来，弹指间跑过十来米，来到我身边将我扶起来。

小巩关心的声音仿佛从遥远的地方传来："加油，刘米说上车就没事了……"

我看到刘米紧闭双目，像出马仙那样猛地一脚蹬地，手印翻转，右手并指如刀，沿着自己肩膀划了一圈。此刻我已经连说话的力气都没了，但刘米的动作还是让我想吐槽——缠头裹脑？这不是天桥上耍把式的玩意儿吗？

神奇的是，此时刘米的掌间突然蹿出一股淡淡的红光。接着他大喝一声，一掌劈下……不是劈我身后的怪物，而是劈在了车后视镜上。

后视镜应声掉落，我心中欲哭无泪。

小巩和易小倩已经把我扶到了车旁。我刚想开口让他们跑远点儿，却见刘米双目紧闭，满头大汗，耳中渗出了细细的血丝。

又是一刀劈下，刘米被后视镜划破的手掌甩出鲜血，洒在车门上。接着，他脚下快速移动，一边走一边不断以血掌为刀，挥向车身。转瞬之间，他绕了车身一周，这才打开驾驶位的车门坐进来。

小巩和易小倩早已把我扶到后座上。从后视镜里，我看到刘米嘴唇苍白，微微颤抖。

这片刻的休息终于让我能说出话，我喘息着问他："你这招什么路数来着？"

"丁神途说，保、保命用的，就叫保命刀，没想到……这、这么厉害。差点儿丢了半条命，以后改名，叫、叫半条命刀吧。"

我咧嘴一笑："不好听，不如叫 CS 刀。"

车外，兽吼声、踩踏声、利器刮擦铁皮的声音，集合成了无比真实的恐怖片音效。但车身始终无比沉稳。我知道我们暂时安全了。

我拿出手机递给小巩，告诉她："给马龙打电话。"

12　他究竟是剧本里的谁？

大概一个小时后，马龙开车赶来了。他身穿披风，一手抱着花盆，跟《这个杀手不太冷》里的里昂一个造型。就在他出现的一瞬间，虚空中荡起无数气旋卷向马龙，更准确地说是马龙手中的小意。片刻之后，风停下来，那些恐怖的声音也消失无踪。

后来马龙告诉我，小意是他妹妹的名字。他年轻时，曾和小意一起去武陵寻访桃花源。没错，就是《桃花源记》中的那个桃花源。他们在那里见到了传说中的彼岸花。后来小意在桃花源意外去世，灵魂就住在了彼岸花中。

据马龙说，彼岸花对灵体有强大的吸收能力。但这种吸收不是杀死，而是给它们一个适宜的居所。也就是说，那些被召唤出来的怪物，现在可能是小意的邻居。小巩还担心小意是否安全，马龙却说，应该担心那些怪物的安全。

和马龙一起来的，还有两辆警车。一个粗眉毛的黑瘦男人，带着几个手下，和马龙一起处理了现场。马龙告诉我和小巩，他们是官方处理这类事件的人。出了人命的事，需要他们帮忙。

我和刘米的身体都透支严重，卧床休养半个月才勉强恢复。

这半个月间，小巩和易小倩来看过我们很多次。我们反复读了很多遍剧本，才把这件事推测了个大概。

左颖的死亡直接刺激林晓波做了这些事，这应该是毫无疑问的。整件事最诡异的地方在于，郑荣大概率是故事的亲历者，那么他究竟是剧本里的谁？

小巩推测，她的剧本任务中说的真正的左颖，应该是陈襄。很简单的排除法：陆书涵和赵成亮不可能是左颖，那么只剩下方兴和陈襄了。两人中，方兴的可能性比较小。因为按照小巩所说，陆书涵是一个控制欲强到变态的人。她一直用巫术控制方兴，导致方兴变得像木偶一样听话。这就是方兴记忆力有问题的原因。小巩甚至觉得，方兴有可能是陆书涵用完美的巫术养出的幻人。但我不相信幻人会表现得像方兴那样，跟正常人相差无几。因此陈襄成了最后的可能。

左颖取代了陈襄。

再结合郑荣临死前的种种奇怪表现，我们推测，如果郑荣是剧本中的一个人物，那么可能性最大的也是陈襄。就是说，假设剧本中的故事为真，那么真实的左颖在失踪后，变成了郑荣。这也解释了为什么郑荣死前发出的是女声。

小巩感叹，女朋友变男朋友，这是什么脑溢血"耽美"剧情。

然而这些推测很快又被刘米推翻。剧本是林晓波创作的，那么他既然杀了郑荣，就不可能知道郑荣是左颖这件事。除非剧本的作者不是林晓波，而是另有他人。这才可能在剧本中写明左颖利用陆书涵奶奶的笔记，习得巫术取代了陈襄（郑荣）。

唯有一点，我们四个人取得了一致意见。郑荣死前所说的"前"，应该是"钱"。因为在我们所有人的剧本中，都写到了左颖极度想要赚钱的特征。

刘米想不明白，成为陈襄（郑荣）的左颖，为什么要陪男友一起开这家剧本杀店？帮他做着复活左颖的梦呢？

易小倩告诉他："你不懂女人。"

她和小巩都认为，左颖在这些事情中感受到了巨大的爱意。她们说，每天都看着心爱的男人日日夜夜想自己，爱自己，并为此投入自己的全部时间、生命和精力。对左颖这种女人来说，这简直就像精神毒品。

刘米叹气："女人太可怕了。不知道郑荣看着林晓波杀自己的时候，心里在想什么……"

但说到底，所有这些都只是推论。甚至还有许多问题没有得到解释，比如左颖烧炭自杀究竟是怎么回事？比如陆书涵奶奶的笔记究竟在哪？那本记载幻人秘术的册子根本没有关于其他巫术的内容。就连陆书涵这个人究竟是否存在都是未知数，如果她是林晓波虚构的，那么一切都是空谈。

林晓波和左颖究竟经历了什么，除了离世的亡魂，世上已经无人知晓。留在世间的，只有真假不知的剧本。但我可以肯定，当年年轻的林晓波和左颖，一定真的经历过那种压抑到窒息的、在昼与夜的缝隙中互相舔舐的生活。

因为我后来梦到过这段故事，即使在梦里，也能感受到他们的痛苦。

13　幻人的真相

大概两个月后，刘天雨拜访我们公司，带来了这件事的后续消息。

林晓波他们开店的地方，政府已批准建立一个垃圾处理厂。地下的那些东西，马龙已经帮他们处理干净。林晓波死在了地洞之中，法医验尸后，发现他的死因是高血压导致的脑水肿。至于是什么导致他一个三十多岁的人，血压飙升到致死的程度，我和小巩心知肚明，但没有多说。

刘天雨对幻人秘术非常好奇。毕竟这是来自国外的黑魔法，连他这种专门处理离奇事件的人都是第一次见到。

马龙告诉我们，幻人秘术虽然出自密宗，但其实是一个名叫大卫德·内埃勒的神秘学家发明的。而且发明的时间还不长，就在二十世纪。大卫德·内埃勒的水平有限，所以这种秘术本身就有着重大缺陷。连马龙都说不清，我经历的黑魔法究竟有多少出自大卫德·内埃勒，有多少出自林晓波。

但传统的古典黑魔法比那个还要复杂很多。最简单的一点，随便一个终南山的道士开坛，都得择日选时。这个黑魔法居然连时间都不看。

大卫德·内埃勒二十世纪把未完成的幻人秘术留在欧洲，后来这种秘术慢慢变成了国外恐怖题材文艺作品的一个元素。这些年它甚至变成了一种亚文化，很多灵异爱好者在网上把 Tulpa 当碟仙之类的游戏玩，制造随时随地陪伴自己的幻人朋友。

还好它不完善，我们感慨，否则我和小巩真不一定能回来。

茶过三巡，刘天雨突然从兜里摸出一张照片放在桌上。

"这次来其实还有一件事，需要请三位老师帮忙。你们看看这个。"

我和小巩伸头去看，发现那是一个相框，相框里是一张白纸。

刘天雨接着问："刘老师，巩老师，这幅画你们见过没有？"

"画？"小巩问，"这算什么画？一笔都没有，我看不懂的才是艺术？"

"不对。"我皱起眉头，认出了那个黄杨木的画框，"这是左颖房间里的画。"

"可是明明什么都没有……"

刘天雨语气非常认真："我下边的一个人，眼睁睁地看着画里的人跑了。"

"跑了？"连马龙都觉得匪夷所思。

"对，跑了。就那么消失不见了。我那个手下至今还在医院里躺着。一开始我们以为是有什么意外，直到他前两天醒了，才告诉我们，画里的女人跑了。我们动用了所有能想到的手段，都找不到她。"

我在脑海中回忆着那个穿着清朝宫装的女人的素描，突然想到一个细节。

"左颖是不是会画画？"

幻人　　　　　　　　　　　　　　　　　　　　149

小巩点点头："你是说……"

"我们一直都不知道，左颖直播养的幻人是谁。只剩下这一个可能了……既然左颖直播的事很大概率是真的，那么这张画……"

小巩突然瞪大眼睛："她是左颖养的幻人！"

"对！左颖烧炭自杀又取代陈襄的真相，她是破题关键！"

我说完抬起头，看到马龙的目光中露出欣慰。

"天雨兄，这件事我们接了。"马龙笑眯眯地给刘天雨倒茶，一副智珠在握、胸有成竹的样子。

刘天雨如释重担，吐出一口长长的浊气。

十几分钟后，刘天雨告辞出门。我和小巩恢复了撸猫读书的生活。马龙却从楼上下来，问我们俩："你们想不想知道真相？"

小巩好奇："什么真相？"

马龙从背后拿出一个瓶子，放在桌上。灰尘嗖的一声跳得老远。我抬眼望去，瓶中一团黑白灰三色的东西扭在一起，不住地涌动。

马龙一笑："幻人的真相。"

我倒吸一口冷气："那不就是……"

马龙连忙竖起食指放在嘴边："嘘！别让刘天雨听见！来来来，听故事了。"

小巩难以置信，压低声音说："老板你这是……"

"生活这么无聊，总得找点儿乐子嘛。"

我一听脑门冒火："我把命差点儿赔上，你好意思无聊？"

"嘘嘘嘘！声音低点儿！刘天雨那老东西鬼着呢！这玩意儿咱们玩儿够了再给他，还能换一大笔钱……嘿嘿……"马龙一脸奸笑，说着话拍了拍瓶子，"哎哎，你到底讲不讲？不听话就让你见识见识马爷的手段！"

　　小巩看了我一眼，眼神无奈至极，仿佛在说这些中年人是真的离谱。

　　"你们玩吧。"小巩走到一边，抱起灰尘说，"两个幼稚鬼，灰尘咱们不跟他们玩哦。"

　　我突然想起林晓波的事，不知道小巩最近有没有梦到过他。认识她这么些年，在地洞中是我第一次看到她流眼泪。想到这，我又想起在地洞里我跟她开马龙的玩笑。

　　"哎，小巩。"

　　"什么？"

　　"过来听鬼说相声呗？"

　　扑哧一声，小巩露出笑容，如窗外的阳光一般明亮。

怪诞虫

　　那是从秦岭庞大无匹的山影之中探出来，蔓延到南方夜空之上的一根触手。隐约能够看到，巨大触手上还有一个臃肿的圆疙瘩……那是我们脚下的图案所描绘之物。

1　他被一条狗叫爸爸

徐书文是一名警察。

大概两年前，他有一次出警时，在街上被一个小女孩拉住。小女孩说："警察叔叔，树上有只狗。"

徐书文问："小朋友，你有什么事吗？"

小女孩指指不远处："就在那边。你去救一下小狗吧。"

徐书文跟着小女孩走出去一段，果然看到一只黄色的小土狗蹲坐在树杈上。小狗看起来也就一个月大小，身体微微颤抖，瞪着黑溜溜的眼睛，看着树下的几个人。

这里是长安某新建开发区，树上还挂着营养液。街道上空无一人，也不知道是谁这么缺德，把只小狗放树上人跑了。徐书文的同事架起他，把小狗抱了下来。一转身，小女孩不知道什么时候已经跑没影了。两人商量了一下，同事对狗毛有点儿过敏，便由徐书文把小狗带回家，养了起来。

此时，薛贞正坐在我们的对面，缓缓讲述着这只小狗的故事。

"好有爱啊。"小巩双手捧着脸，满眼都是小星星。显然已经沉浸在这个温馨的故事里，连我们是做什么的都忘了。

马龙问道："然后呢，小狗有什么不对劲的地方吗？"

薛贞闭上眼睛，回忆了片刻，然后继续说："一开始一切都很正常。多多虽然是只土狗,看不出什么名贵犬种的血统。但它毛色很干净,小时候非常可爱……"

薛贞给小狗取名叫多多。彼时她和徐书文还没要孩子,两人的业余时间很宽裕。他们给多多买了吃的玩的各种东西,把它当孩子一般对待。多多活泼好动,能吃能喝。过了三四个月,多多长得膘肥体壮。但随着它越长越大,脾气却越来越坏。

徐书文和薛贞都没养过狗。起初两人都不知道狗小的时候一些行为必须制止。等他们通过网络了解到后,多多已经变得非常凶恶。不仅仅是护食,甚至平时玩闹的时候,也会突然凶性大发,扑咬主人。徐书文也尝试过像网上说的,在狗咬人的时候用暴力制止它,或者用其他办法磨它的性子,逼迫它服从。然而多多似乎天生凶恶,并且异乎寻常地固执。在它和两个主人之间的耐力比拼中,从未输过。甚至徐书文和它搏斗到筋疲力尽,留下好几道疤,也没能将它制服。

就这样,越长越壮的多多成了徐书文和薛贞的梦魇。万般无奈之下,两人决定在网上寻找专业的驯犬师帮忙。

巧合的是,徐书文的父亲恰好得知此事。老人家住长安城南、终南山下的大峪口镇,年轻时务农,近些年在镇上的学校里打工当保安。

老人听说儿子儿媳要为养狗的事情花钱请人驯狗,马上就不乐意了,跑到城里把多多接回了农村代养。临走还撂下一句话,狗交给他,儿子儿媳赶紧给他生个大胖孙子。

年轻夫妻的小日子终于清净了。原本没打算要孩子的两人,居然真的很快有了宝宝。他们给孩子取名叫徐天乐,小名乐乐。

奇怪的事发生在一年后。乐乐三个月大的时候,徐书文父亲把多多又带了回来。徐书文夫妇被吓了一跳。让他们意外的是,此时多多居然变得非常非常温驯，不仅完全没有了攻击性，还学会了听命令。不管是谁，让它坐就坐，让它转圈就转圈。

徐书文和薛贞非常惊喜。问徐老爷子怎么驯的狗，徐老爷子只说农村养狗根本就不驯。

不久之后，多多成了乐乐的玩伴，甚至还能帮徐书文和薛贞照顾乐乐，让夫妇俩省心了许多。

有一天晚上，徐书文和薛贞躺在床上聊天，想起这一年多养多多的经历，突然生出许多感慨。薛贞问徐书文："你说多多会不会是天天托生，来找咱们的？"

马龙问她："天天是谁？"

薛贞深呼吸了一下，回答他："我们俩结婚前有过一个孩子。我给孩子取名叫天天。那时我们俩还年轻，工作收入都不稳定，最后把孩子打掉了。后来有了乐乐，是书文给孩子名字后面加了一个乐字。"

我心想，原来是没出生的孩子。可世上哪有什么转世托生的事，按她讲的，大概率还是个不足月的胚胎转世。估计就是薛贞跟徐书文压力太大，心理状态出了问题，误以为灵异事件才来找我们的。

小巩跟我的想法一样。她问薛贞："这个……会不会是你们想多了？"

薛贞摇了摇头。

那天晚上就在薛贞问出那句话的时候，多多走到两人卧室的门口，声音低低地呜咽了一声，然后蹲坐在地上，眼睛里突然流出了泪水。

徐书文被吓得一哆嗦。薛贞却试探地问了一句："天天，真的是你吗？"

多多再次呜咽一声。

徐书文从惊恐中回过神，忍不住骂薛贞："你发什么神经！"又随手拿起枕头扔向多多，吼道："滚！"

婴儿床上的乐乐听到父亲的吼声，大哭起来。

多多被枕头砸到，却蹲坐在地上一动不动，仍然直勾勾地盯着薛贞和徐书文。

徐书文被盯得发慌，怒从心起，起身一脚把多多踹出去，摔上了门。回过头，薛贞已经抱起哭泣的乐乐，一边哄着孩子，一边抹眼泪。

也不知道她是因为怀里的孩子哭，还是因为多多对她的诡异回应。

一向温文尔雅的徐书文突然发这么大火，薛贞也没敢再多说什么。夜里，夫妻俩都翻来覆去许久，直到凌晨才沉沉睡去。

次日，薛贞顶着两个黑眼圈起来喂奶。走到客厅却发现，徐书文居然没去上班，而是背对着卧室方向，也就是薛贞站的地方，坐在沙发上抽闷烟。

徐书文在两人结婚前就已经戒烟了，更不用说现在还有了孩子，就连徐书文父亲，两口子都不让他在家里抽烟。

薛贞忍不住皱起眉头，难道因为她昨晚的一句话，徐书文连乐乐的健康都不管了？

薛贞没好气地说："你不想多活两年，没必要把孩子的健康也赔上吧？"

徐书文转过身，煞白的脸色吓得薛贞一哆嗦，不自觉往后退了几步。

薛贞心口扑通扑通地直跳，问徐书文："你怎么了？是不是不舒服？"

徐书文说："多多真的是咱们的孩子。"

薛贞说："别开玩笑，我昨晚就是随便一说。"

徐书文指指墙角摆放的一堆泡沫板，此时多多正站在泡沫板旁边。

徐书文说："你自己看。"

那些泡沫板薛贞才买回来没多久，原本是准备铺在婴儿围挡中间，给孩子爬着玩的。每套泡沫板有26块，每块上面都印着一个英文字母的大小写，还配有图片和单词。A是apple，B是banana，以此类推。

有三块泡沫板被单拿出来，摆在电视柜下方的地上。三块泡沫板上的字母分别是B、A、B。

薛贞不解道："怎么了？"

徐书文摁灭烟头，回答她："早上我出门准备上班，多多咬我裤管，不让我走。我以为是因为昨晚打了它，跟我撒娇。然后它就叼出了这三块泡沫板，放在地上。"

薛贞还是不明白："三块泡沫板？什么意思？"

"你有没有觉得，咱俩用手机和电脑的时候，多多经常盯着屏幕看？"

"网上很多宠物都看啊，怎么了？"

"多多不一样，它看咱俩打字，学会了。"

"学会打字……"话一出口，薛贞意识到自己理解错了。徐书文的意思是，多多通过看他们俩使用手机电脑输入法，从而学会了语言。如果用输入法来解释，那么BAB的意思是……爸爸？

薛贞感觉这个猜测太过异想天开。她看着多多问："多多，你能听懂我们说什么吗？"

多多看着薛贞和徐书文，没有龇牙咧嘴，也没有伸舌头，没有任何狗的表情和动作。它的五官呈现出人类思索的样子，然后缓缓点了点头。

2　孩子转世成了狗？

我和马龙面面相觑。

无论怎么想，薛贞讲的事情都像是自己吓唬自己。且不说世上拥有智慧的神秘生物有多少，就是一般的动物，智商达到儿童水平的也多得是。无论大象、海豚还是猩猩，通过训练都能够理解甚至掌握简单的语言。按他们的逻辑，灰尘也聪明得离谱，难道它是马龙上辈子的孩子转世？

话说回来，人类虽然智商高，但大部分人的生活，本质和动物其实差不了太多。

当然，看着薛贞陷入回忆、表情惊恐的样子，我们谁也不会说出这种话来。但此时马龙和小巩心里，想的一定是一会儿怎么推荐她去医院看心理医生。

"我们俩当时被吓得不轻，不知道该怎么办。然后多多……我也不知道该叫它多多还是天天，它就又叼来两块泡沫板摆在地上……她叫我妈妈。"

徐书文和薛贞都被吓得愣在当场，一时不知道该作何反应。也许他们害怕多多突然开口说话，两个人就那么呆呆地看着多多忙活。

此时，电话铃声突然响起。薛贞一哆嗦，反而是徐书文已经接受了这个现实，瞬间反应过来，接起了电话。

多多则把脚下的几块泡沫板扒到一边，然后再次回头，小跑到那堆泡沫板里，翻找一会儿，叼起泡沫板一块一块摆在地上。

打电话的是徐书文的领导，询问他为什么没有请假也没去上班。徐书文撒谎说孩子急性肺炎发烧住院，这才搪塞过去。徐书文放下电话后，薛贞颤抖着声音问："老公，怎么办啊？"

徐书文定定地看着蹲坐在茶几旁边的多多，一声不吭。

地面上，多多已经摆好了一排泡沫板。薛贞一个个看过去，发现摆的是 WSMWSGO。

"为什么……"薛贞念着，"我是个……O 是什么？"

徐书文叹了一口气："G 和 O 是一个字，它在问，为什么它是狗。"

薛贞感到大脑一阵眩晕。

讲到这里，薛贞忍不住哭起来，不知是因为心疼还是恐惧。

马龙开口安慰："你不用太难过，相信我，世界上绝对没有什么转世托生的事。一定是有什么误会。"

薛贞从包里拿出纸巾，一边擦眼泪一边说："你们真的是我最后的希望了。我实在没有办法，才到处托关系，找到刘局长。他说你们一定有办法帮我的。"

刘局长就是刘天雨。我看到马龙的嘴角微微抽搐了一下。估计他这会儿正在暗骂刘天雨不仗义，居然给我们找了这么个事。

马龙问起细节："我们假设，多多确实学会了语言，并且能用字母模仿输入法来说话。它有承认过，自己就是天天吗？"

薛贞点头："我们俩冷静下来后，问了多多。它承认了。"

这就有点儿奇怪了，无论动物多聪明，要学会用语言撒谎还是有点儿耸人听闻的。我的心中闪过几种可能，但转瞬之间又都排除了。这件事的不合理之处实在太多。

马龙又问："多多现在在哪？方便让我们看一眼吗？"

薛贞摇了摇头："本来，我想让公公把狗接回农村，由他养一段时间。但是书文怎么都不肯。他说多多是我们的孩子，既然找到我们，我们就必须负起责任来。我也是瞒着他找的刘局长。求求你们，帮帮我……我实在接受不了……"

"我们理解。"小巩问道，"那你相不相信，多多就是你们的孩子转世呢？"

薛贞犹豫了很久，终于回答："我实在不想相信，但是……"

马龙打断她："不信就好。你什么时候方便？我们得去你家一趟。"

薛贞仿佛抓到救命稻草，连忙说："书文白天要上班，最近他没有调休，随时都可以……"

3 这条狗是异界生物？

次日一早，我和马龙、小巩带着灰尘，来到了薛贞家中。

薛贞家在城南长安区的一个新楼盘，不远处就是大学城。此时正是暑假时节，街上没有多少行人。我们三人一猫跟着薛贞走进小区，七扭八拐走到她家楼下。

小区的环境很好，绿化整洁而茂密，但和许多新楼盘一样，来往的行人不多。小巩的心情看起来很不错，一路哼着歌。

昨天薛贞走后，马龙跟我们商量办法。三个人一致觉得，这件事虽然离奇，但也只是听起来觉得诡异而已。很大概率，事情的根源在薛贞夫妇的心理状况上。他们夫妻俩有什么深层次的心结，不是我们能解决的。所以我们最后决定，上门看看，首先确定她家的狗有没有问题。没什么特别的话，就让马龙出面劝她去看心理医生。

毕竟她最信任的就是马龙嘛。

上楼一进门，小巩把猫包里的灰尘放出来，灰尘神态慵懒，逛了一圈直接跳到阳台上晒太阳去了。薛贞家的房子挺大，三室两厅，感觉有一百四十平方米的样子。小巩看到卧室里虎头虎脑的乐乐，母性大发逗起了孩子。

我在房子里转了一圈，什么都没发现，连狗都没见着，只好又拿出灵魂探测仪和径迹检测器，装模作样地检测起来。

马龙问："多多呢？"

"可能是出去买东西了。"

小巩意外："买东西？"

薛贞点了点头："自从我老公认定多多是我们的孩子后，经常给多多钱。多多会给自己买一些零食，还有孩子用的东西。附近的邻居都知道。你们需要多久？"

"很快的。等等看一眼多多就行。"

马龙说着走到狗窝前，发现那里放着一个一米长的键盘。

薛贞解释说："这是书文专门定做的，给多多说话用。"

手中的仪器突然响起了滴滴声，屋内几人的目光同时转到我身上。

径迹检测器在响。

所谓径迹，指粒子在穿越路径上留下的痕迹。此时径迹检测器的显示屏上，密密麻麻的绿色直线，交织出房间和家具的轮廓。这说明房间内存在过某种强辐射。

小巩从卧室里出来，问我们："怎么了？"

我回答她："有辐射痕迹。"

薛贞低声惊呼："我家有辐射？"

马龙解释道："别害怕，不是核辐射，否则你们俩的身体撑不住的。严格来讲，万事万物都有辐射性。"

"那你们检测出来的是？"

"可能是多多发生变化的原因。"我一边说，一边拿着检测器在屋内走了一圈。随着我的走动，电子屏上的线条很快将整座房子的 3D 构图画了出来。

这台检测仪虽然是我制作的，但调试由马龙独自完成。如马龙所说，万物都有辐射性，但辐射的强度截然不同。绝大部分超自然生命，都有一个特殊的辐射频谱。这才是它的真正用途。

难道说，多多并不是狗，而是某种未知的生命体？

早上出门的时候本来以为今天是应付差事，没想到居然真的会有所发现。我甚至都想不起径迹检测器上次发挥作用是什么时候了。我无奈地告诉其他人："我没带频谱仪，要测清楚得改天再来一次。"

马龙看向阳台，灰尘正躺在那舔着毛。

"不应该呀，灰尘居然一点反应都没有？"

"我看是吃太胖了，猫喂太饱可不就不抓老鼠了？"

我的话音刚落，灰尘突然站起来弓起背，紧紧盯着门口。紧接着，电子音从门外响起，叮叮叮响了六下，门被打开。

一个身材瘦高的青年男性，正站在门口。他的脚边，蹲坐着一只肌肉发达的黄色田园犬。

这就是徐书文和多多吧，我想。

一人一狗看到家里这么多人，明显愣了一下。多多嘴里还叼着一袋纸尿裤。

徐书文愕然道："你们是？"

薛贞赶紧解释："书文，你怎么回来了？"

"出外勤，顺路回来看看孩子。这几位是你的朋友？"

薛贞犹豫一下，还是说了出来："他们是刘局长的朋友。"

徐书文不解："哪个刘局长？"

马龙接过话："刘天雨，他找我们来看看多多。"

徐书文的脸色瞬间冷了下来，不再说话，一时间气氛变得异常尴尬。感觉他好像在犹豫要不要赶我们走。

这时，多多嘴一松，把纸尿裤放在地上，对着我们低吼起来。

徐书文说："天天，他们都是客人。"

这人还真把只狗当自己孩子了。让我们意外的是，多多听到徐书文的话，居然真的收起一脸凶相，对徐书文点了点头，仿佛在说我知道了。它甚至还给了我们三人各一个眼神，仿佛在向客人致意。接着，它叼起纸尿裤放在鞋柜旁边，走向了它的狗窝。

怪不得徐书文和薛贞疑神疑鬼，以为孩子托生呢，这狗换谁看着都觉得邪门。

我偷偷低头看了一眼手中的径迹检测仪，果然辐射源就在多多身上。

就在此时，灰尘突然发出一阵尖锐的叫声。它已经走到客厅中央，面向狗窝的方向，耳朵向后折成飞机耳，尾巴直立起来。

这是猫要攻击的前兆。

马龙立刻出声："灰尘，别激动。"

但灰尘仿佛根本没有听到马龙的话。我看到马龙的脸上浮现出意外的表情。在我的印象中，这是灰尘第一次在任务中，对马龙的话没有一丝反应。

多多听到灰尘的叫声，也从窝里出来。一猫一狗对视片刻，多多的表情也逐渐失去人一般的稳重感，取而代之的是龇出嘴唇的犬牙。

眼看着马上要上演猫狗大战，马龙赶忙把灰尘抱起来。灰尘攀着马龙的肩膀，眼睛仍然盯着多多。就在此时，多多突然屁股一撅，跳起来张嘴就向马龙咬去。

还好马龙练过几天，听到身后的响动，下意识侧过身，避开了这一扑。多多撞到酒柜上，一阵噼里啪啦的声音，几只酒杯掉在地上碎了一地。

"天天！"徐书文喊道，"别咬人！"

小巩小声问薛贞："它不是不咬人了吗？"

薛贞表情慌张："我也不知道怎么回事……"

说话时徐书文已经走到多多身边，摸着它的头安抚道："没事啊天天，不用怕。"又回头对我们喊道，"你们走！我们家不欢迎你们！"

就在他回头的瞬间，我看到多多的眼睛盯住了他的后背。

"小心！"

我喊出口的同时，多多猛地扑到徐书文身上，狠狠一口咬住了徐书文的小腿。徐书文痛呼出声，薛贞也同时发出尖叫。

马龙把灰尘扔到一边，回过头猛地一手掐住多多后脖颈，另一只手圈住多多的脖子一勒，口中大喊："松口！"

然而即使多多被制住，仍然发疯一般使劲左右摆动着身体。涎水从它的嘴角流下，滴落到地上。如果不是马龙，恐怕它真的要咬下徐书文的一块肉来。

转瞬之间，徐书文的小腿已经血肉模糊。而徐书文的额头，肉眼可见地渗出大颗的汗珠。

看得出来，马龙害怕对徐书文造成更严重的伤害，所以不敢太过用力，只能努力控制住多多身体的摇摆幅度，避免它真的撕下一块肉来。离奇的是，就在灰尘逐渐靠近多多的时候，多多的瞳孔开始缩小，眼白中也出现了血丝。

"八斗！"马龙叫我，"找东西蒙它眼睛！"

我这才反应过来帮忙，左右看看，从薛贞家的衣架上拽下一条围巾，冲过去三两下围住多多的眼睛。

说来也奇怪，多多被我蒙住之后，灰尘终于不再如临大敌，而是对着我和马龙喵呜一声，似乎在表扬我俩。

我知道动物之间的对视本身就包含敌意，眼睛也是大部分动物的要害部位。眼睛被遮住，动物的第一反应大多是恐惧。想必灰尘恢复正常，多少有这个原因在里面。

片刻之后，多多被勒得受不了，终于松开了口。马龙用胳膊肘压住多多，让我从玄关拿来狗绳和嘴套，给它戴上，这才将它放开。

徐书文疼得不住地吸气。猝不及防的一系列事情，将薛贞吓得这时才回过神来，看到丈夫腿上的伤，眼中突然流下泪来。不知何时，乐乐开始大声号哭。

马龙叹了口气，检查了一下徐书文的伤口，问他："怎么样，能不能走？"

徐书文语气中带有些许不忿："你们到底要干什么？"

小巩接过话回怼他："你不会到现在还以为那只小狗是你的孩子转世吧？"

薛贞看了一眼小巩，仿佛是在责怪她把这些告诉徐书文。徐书文无法反驳小巩，低下了头。

马龙安排道："你们先去一趟医院吧，缝几针，打个狂犬疫苗就没事了。放心，没伤到骨头。多多我们先带回去，等事情查清楚，再还给你们。"

徐书文看了一眼嘴角流涎、躺在地上喘息的多多，犹豫着点了点头。

薛贞道："阿姨今天休息，我先联系一下，看她能不能……"

"不用了。"马龙说，"小巩留下帮你们看孩子。"

"老板！"小巩语气不善道，"哪有你这样的，我不会啊！"

马龙不理她："我看你刚跟小朋友玩得挺好啊，一会儿顺便把地上打扫一下。八斗，收拾下走了。"

马龙抱起多多，走到门口，突然又转过身："对了薛贞，一会儿得麻烦你联系下徐老爷子。我得去拜访一下他。"

徐书文顺从地点了点头："我联系吧。"

4 狗认猫当了大哥

马龙背着灰尘，我背着工具包下楼。路上马龙给小巩发去一条信息：注意乐乐有没有异常。

我问他，乐乐怎么了？马龙回答，等小巩回来再说。

我们俩吃了点饭，回到公司。我找来频谱仪、脑电仪之类的机器，给多多做了个全套体检。等我忙活完，天已经黑了。

检查的结果倒是毫不意外。多多不仅身上带有某种奇特的非电离辐射，而且大脑的发育程度也远超犬科动物的极限。

奇怪的是，多多自从来到我们公司，就表现得非常温顺。一开始我们以为它是折腾累了，但它吃饱喝足后，仍然乖乖地趴在地上。它的状态也和白天不太一样，白天是一眼看过去眼神就好像会说话，是那种智商很高的宠物的温顺。而到了晚上，它是那种类似流浪狗一般的温顺，非常小心谨慎的感觉。

甚至我隐隐感觉，它对灰尘非常畏惧。

马龙曾说，灰尘来自他年轻时候的一场奇遇。它来自某座深埋于地下的深渊之城，不知道活了多少年，也不知道它究竟是什么物种。灰尘对各种超自然的力量和生命体都很敏感，并且对许多害人的东西都有克制的效果。我和马龙很多次死里逃生，都靠灰尘。但它让其他生物产生变化，我和马龙还是第一次见。

灰尘趴在猫爬架上，多多就蹲在猫爬架的下方。好像多多认了灰尘当大哥似的。

晚上小巩回来，也带来了好消息。乐乐并没有被多多身上的辐射影响到，除了非常聪明，他和一般孩子并没有什么区别。

"聪明也算区别？"我问小巩。

小巩想了想说："乐乐才不满半岁，都会骗人了。这还不算聪明？"

马龙问她："怎么个骗法？"

小巩道："薛贞在医院的时候，给我发了条信息，是小孩的食谱。饭都提前做好了，让我热一下喂乐乐。可是乐乐不喜欢吃，就假装睡觉骗我。"

奇了怪了，我问小巩："你确定他不是真的困了？"

小巩翻了个白眼："要是真的困得睡着，我犯得着跟你们说吗？本来我也以为他困，没想到我刚走，他就在那玩上了魔方。我再去喂他，他又眯眼睛装睡。"

"难道说多多身上的辐射能让动物变聪明？这么说的话，你以后没事可以去帮薛贞遛狗啊？"

小巩随手拿起椅子上的靠枕朝我扔过来，我哈哈笑着一把接住。小巩冲过来就要捶我。

马龙打断我们："别闹了，早点休息，明天去大峪口。"

我问他："狗不用拴啊？"

马龙丢下一句："我晚上在公司睡。"转身去了休息间。

次日一早，我去东新街买了郑家包子带到公司。多多果然没什么变化，一见人就摇尾巴，好像我们公司的新成员。我们仨在公司吃了早餐，带上各类装备和一猫一狗，出发前往大峪口。

秦岭号称七十二峪，实际上峪口的数量要比这多得多。一部分峪口本身就有风景名胜，游客众多。还有一部分峪口靠着开农家乐，汇聚了周边城市的大量人气，也热闹非凡。

大峪口两边都占一点，但都不突出。农家乐有，但没什么知名美食。道观也有一座，却是没什么名气也没什么典故，香火全靠附近几个村的村民。

我们见到徐老爷子的时候，他还在值班。老爷子在镇上的小学做保安，放假时学校里没人，就把操场当作停车场用，赚点零钱。没升降杆，也没计时器，进一个收十块钱，停满为止。据徐书文说，周末节假日的时候，来避暑的人其实挺多，来晚了还真抢不到车位。

徐书文没向老爷子解释我们是干什么的，只说我们送多多回来，让他养几天。

我们按照他电话里的提示，在镇子边缘找到了学校。车子在停车场停好，老爷子穿着一身松垮的黑色保安服，凑到车跟前，却没有管多多，而是把一个二维码凑到我们面前。

"十块。"他说。

小巩解释："老爷爷，我们是书文的朋友，给你送多多来的。"

老爷子一噘嘴："他把警车开来也得掏钱。"

马龙拍了拍小巩，一边说话一边扫码付钱："叔叔，您把多多养得真好啊，又聪明又壮实。有什么诀窍吗？"

老爷子的口袋里传出收款到账的语音提示。他斜着眼从头到脚看了一遍马龙，没有回答他的问题。而是对多多说："走！"说完他背起双手，头也不回地走向了岗亭。

让他没想到的是，多多并没有听他的话跟他走，而是乖乖地趴在我的脚边。或者说，趴在我背上猫包里的灰尘的脚边。

眼看老爷子要走远了，我赶紧追上几步叫他："叔叔，我们就想找你了解一下养狗的事。"

老爷子回头，又用看马龙的那种眼神把我从头到脚扫描了一遍，说："你叫我叔？小伙你多大？"

我愕然，下意识回他："我……三十一岁。"

"三十一，你得叫爷！"

我的脑子这会儿才转过弯来，原来这老头子从来不理会别人问他的问题。

就在我愣神的时候，老爷子已经发现多多没有听他的话。他背起手踱到多多跟前，突然踹了多多一脚，多多痛得嗷呜一声。

小巩脸色立刻就变了："你……"

马龙立刻拉住小巩，怕她"口吐芬芳"。

徐老爷子再次背起双手走向岗亭，多多也乖乖地跟了上去。

小巩道："老板你刚才干吗拦我？这老不死的就是欠骂……"

马龙微微一笑："生冷硬倔，老长安人。"

说着马龙也走向岗亭，我和小巩赶紧跟上。

小巩仍然在向我吐槽："什么老长安人，就是老瓜皮！"

我劝她："出任务呢，克制点。"

徐老爷子跟多多前后脚进了岗亭。我们三人跟着走到岗亭，我敲了敲窗户，指指二维码说："叔，问您点事，咱好商量嘛。给你包个红包？"

咣的一声，岗亭的窗户被重重合上。

小巩差点又忍不住要骂人，被我拉了一下。马龙探头往岗亭里看了一眼，拍拍我，又指了指岗亭上的小桌。我顺着他的手指看去，发现桌上放着半瓶西凤酒。

我会意，出了学校大门，看到路对面就有烟酒超市，进去买了两瓶酒两条烟，拎回来交给了马龙。

马龙再次敲响窗玻璃："叔，第一次见面，这点儿东西算见面礼。"

徐老爷子瞥了我们三个一眼，拉开窗接过烟酒，这才轻轻哼了一声："这才是个求人办事的样子嘛。现在的年轻人，还是有明白道理的。"

马龙赔笑道："叔，您是怎么带多多的？我听书文说，它以前可挺凶的。"

徐老爷子说："那不就是只狗吗，还怎么带？狗凶人，那就是欠打！"

道理是这么个道理，但按徐书文说的，他可是跟狗打到一身血，都没把狗制服。事情不可能这么简单。

我问他："您没训练多多吗？一般的警犬都没它聪明。"

老爷子把我刚买的烟酒放在脚边，从兜里摸出一包硬白沙，给我和马龙散烟，我们俩都不接，他自己叼上一根说："不抽烟出去咋办事嘛！"又一边点着烟，一边对着我解释多多的事，"驯个球！农村养狗都一样，人吃啥它吃啥。就这。"

看来他是真的什么都不知道。难道说，多多是自己跑到什么地方被辐射了？

马龙跟我想得一样，他说："老爷子，我们准备在镇上住几天，到处逛逛。您住哪？不忙的时候，我们来看您？"

老头回答："看狗就看狗，说看我不是骂我？"

马龙尴尬一笑，刚想解释，徐老爷子打断了他："这狗我也不拴，除了吃饭的时候，它一天到处逛。你们不用来找我，自己找它去。"

怪诞虫

5 被一群狗袭击了

我们在镇上找了一家旅馆住下。闲着没什么事，马龙挑了一家农家乐，请我们撮了一顿。吃完饭天还大亮着。我们三个把灰尘留在房间，从旅馆出来，在镇上散步消食。小巩仍然一肚子火，一路上都在吐槽徐老爷子如何乖戾。

大峪口镇并不大，从北到南一条公路贯穿全镇。这条公路也是镇上唯一的街道，长度在八九百米，两侧的建筑都是两三层的平房。镇上的商户大都集中在这些地方。粮油蔬菜、烟酒五金、凉皮泡馍农家乐，倒是应有尽有。我们白天去的学校，就在镇子靠北的地方。

我们在镇上走了一圈，没什么事做，又随便挑了一条巷子进去。走不多远，视野就开阔起来，一眼能看到终南山的山脚。一条小溪从山间淙淙流出，汇入镇上的水渠。水流声中，几只蝴蝶翩翩飞舞。隐约还能听到鸟鸣声从山里传来。

地方小归小，环境倒是真不错。马龙啧啧赞叹，等他老了就来这种地方买个小院住着。

逛到天刚擦黑，马龙想联系徐老爷子，去看一眼多多，没想到老头根本不接电话。我们只好回到旅馆休息。

百无聊赖中，小巩喊我玩"吃鸡"，马龙却买了一副扑克喊我们陪他玩"挖坑"，往脸上贴纸条。我和小巩对视一眼，都从对方的眼神里看出了无聊和无奈。但老板发了话，还是陪他玩会儿吧。

差不多快十一点的时候，外面突然传来一阵密集的狗吠。我和小巩立刻扔下扑克，三两下把脸上的纸条都撕下来扔掉。

"不玩了，出去看看！"

这还是我第一次看到小巩干活这么积极。

我们住在楼上，下楼来到前台。胖胖的老板娘坐在柜台里，一边嗑着瓜子，一边对着柜台里的电脑看电视剧。她看我们都下来了，问："这么晚了还出去？外面商店都关门了。烟酒饮料我这都有呢。"

小巩回答她："出去转转。"

"三更半夜有啥好转的。"

我问老板娘："外面哪的狗啊？叫得这么厉害？"

老板娘说："都是野狗，就在学校里呢。"

马龙问："狗天天都这么叫？"

老板娘说："从前那是一片坟场，后来推平修成了学校。以前镇上人多，还能压得住。现在学校一年都收不了几个学生，就开始鬼叫了。"

小巩疑惑道："鬼叫？"

老板娘答："哎呀，白天人上课，晚上鬼上课。那不就是鬼叫吗？"

马龙推着我们往外走，说："老板娘，我们想去河边听会儿蛙鸣，一会儿就回来。"

出门的一瞬间，我看到老板娘呸的一声吐出瓜子皮，翻了个白眼。

小巩忍不住低声吐槽："听个屁啊，老板你好装啊！"

马龙走出门，一边做着扩胸运动一边说："好不容易出来，这么好的环境，等会儿忙完你们不想去河边听听吗？"

我们俩异口同声："不去！"

外面很黑，镇子上的路灯已经关掉了。我们用手机照明，走到楼下的车旁，取了手电和工具包，往学校走去。

旅馆离学校很近，几分钟后，我们已经来到学校外围。狗吠声越来越响，听起来至少有二十只狗。

大门关着，我们翻过围栏，循声走过操场，绕过教学楼，最终在一栋烂尾楼前的空地上，找到了正在狂吠的狗群。

幽蓝的月光下，狗群整整齐齐蹲坐在地上，面朝着同一个方向，疯狂吼叫。它们蹲坐的位置隐约有着某种规律，像棋盘上的棋子一般，看似杂乱，但又有着某种几何感。

而它们面对的方向，则是黑暗中的楼体。这片工地在学校距离大门最远的地方，高楼背后，是终南山黑黢黢的巨大阴影。

看楼体外形，像是学校规划的宿舍楼。烂尾楼下，隐约能看到堆积的沙子和预制板，一排锈迹斑斑的铁栅栏，将工地和校区分隔开来。狗群聚集的地方，正是一台搅拌机前方的空地。

我们关掉手电，藏在教学楼的阴影下看了片刻，但影影绰绰看不清什么细节。我正想再走近一点儿，马龙拉住我，抬起手在空中停了片刻，指向栅栏旁的一个方向，用嘴形说："下风向。"

狗的嗅觉和听觉都比人类灵敏数倍，要不是马龙提醒，我都差点儿忘了这一茬。马龙带着我们俩悄悄摸到栅栏旁。狗群离这里有十几米距离。隐约能够看到，每一只狗的身上，都有着黑色的块状斑点，像梅花鹿一样，似乎它们被某种东西感染了。

小巩拍了拍马龙，轻声问他："现在怎么办？"

马龙抬手向下压了压，示意我们先别说话。

就在此时，狗群突然停止吼叫，回头看向我们刚才站的地方。片刻之后，一只小狗从教学楼的阴影中走出来，慢慢接近狗群。那些停止吼叫的狗，就那么定定地看着它走来。

这只狗居然是多多。它步伐缓慢，一边走一边左看看右看看，似乎它是一个闯入者，面对众多的目光，很不自在……甚至我隐约感受到，多多有点儿害怕。待它再走近一点儿，我们看到多多的神态跟白天几乎一样，身上没有斑点，表情也很正常。

我的感觉是对的，它确实很害怕。然而即使眼神中明显透露着恐惧，多多还是继续向前走着，一直走到烂尾楼前，它的前腿突然停在空中，似乎那里有什么它不敢面对的东西，不敢再向前一步。

片刻后，狗群突然再次狂吠起来。离多多最近的几只狗猛地扑上去，撕咬多多的后背和脖子。多多居然没有反抗，只是闪躲，口中发出口哨一般的痛苦叫声。

小巩看到这残忍的一幕，发出一声惊呼。等她意识到情况不对捂住嘴巴时，狗群已齐刷刷地扭头，往我们站立的地方看过来。

这种诡异的时刻，我的心里居然冒出一个莫名其妙的画面：怎么跟向日葵看日出似的？

下一刻，离得最近的一只狗已经朝我们扑了过来。都说咬人的狗不叫，那只狗却一路狂吼，我甚至能看到它白花花的獠牙和嘴角迸射出的涎水。

"你们先走。"话音刚落，马龙已经脱下夹克，缠在右臂上。

我和小巩连忙转身往远处跑。转瞬之间，一只狗已经跑到了马龙眼前，扑咬过来。马龙用缠着夹克的右臂对着狗，果然狗一口咬住，疯狂摆动脑袋撕咬。马龙趁机抬腿，一脚踢到狗的下腹部。那只狗惨叫一声，翻滚着倒在地上蜷缩起来。

然而立刻就有三只狗逼近他，远处还有更多。此时我和小巩已经打开手电。在手电光的照射下，狗群的眼睛反光，如一对对幽幽飘浮的鬼火。

就算是马龙，这种情况也很危险。我在包中找了半天，却没能找到任何有攻击性的道具。下楼的时候，我只以为是过来看看情况，没想到会遇到这样的危险。

小巩和我想法一样，捡起一块砖，大叫着往狗群扔去。

但于事无补，我看到马龙的右臂已经被两只狗咬住。还有一只狗咬住他的小腿，后腿在地上用力蹬地刨挖。马龙忍着没有叫喊出声，但我知道，再这样下去狗群会把他撕成碎片。

不光他，还有我们……只能拼了！

我挥舞着手电，大喊大叫着也扑向狗群。不想下一刻，一阵悠长的啸声响彻夜空。那声音既像狼，又像牛，仿佛来自深渊。音波被地底洞穴不断折射，形成某种嗡鸣般的回响。

所有狗一瞬间停止动作，瞪着我们缓缓后退到安全距离，然后奔跑进夜色中。弹指间，所有狗都消失不见了。

我和小巩跑到马龙身边。刚才的一阵惊险让他满头大汗，狗群离开，他一屁股坐到地上，大口喘息着。看我们过来，他解开夹克一抖，上面密密麻麻全是破洞。

马龙咧嘴一笑："什么大风大浪都过来了，没想到今天差点被几只狗带走。"

小巩不满道："你干吗让我们先走？"

马龙说："不想走？我看你们俩跑得挺快啊？"

小巩气急："我以为你有办法。没想到……"

"能有什么办法。"马龙说，"这种情况，就先跑再说嘛。我本来也想跑的，它们来得太快了。"

我帮马龙检查了伤口。他的后背、大腿、小腿都被咬伤了。还好是狗，牙齿长度有限，没伤到骨头。

"怎么样？"我问马龙，"回车上给你包扎下？"

马龙把夹克卷起来，绑住最严重的腿上的伤口，站起来试着走了两步，说："先过去看看再说。"

我问："万一那些疯狗又回来怎么办？"

"真想要咱们的命，刚才就有机会。既然走了，应该是对咱们几个没兴趣了。"

我突然意识到马龙的话外之音："你是说，那些狗有脑子？"

马龙点点头："至少不比多多笨吧？"

6 镇上又出野人了？

我和小巩扶着马龙，三人走到刚才狗群站立的地方。

我本以为这群疯狗刚才站立的位置有某种规律，所以地面上应该会有类似法阵的东西。但意外的是，地面上什么都没有。打眼一看，这就是一片普通得不能再普通的烂尾楼工地。

马龙走到刚才多多被咬的地方。多多已经不见了，地面还有几小摊开始凝固的狗血。我猛地明白过来，那些狗身上的斑点，不是什么感染，而是血液干掉后，在毛发上凝固形成的血块。

刚才多多停步的地方，堆放着几根水泥管。水泥管很宽，大概能容一个成年人爬进去。马龙拿手电挨个照过去，突然喊道："你们过来看。"

我和小巩凑过去，看到堆放在最中间位置的那根水泥管里，黑压压的像编织物一样的东西，铺在内壁上。

小巩好奇道："这是什么？"

马龙观察着："酸枣树枝、刺槐、荆条……居然还有仙人掌和钢筋。"说着他搜出一根尖锐的钢筋，"简直像鸟巢一样。"

小巩讶异："用这些东西？"

酸枣树枝、刺槐、荆条都是多刺的灌木，仙人掌和钢筋也差不多有同样的特点。什么生物会用这些东西建造巢穴？水泥管里的各类灌木，搭配着仙人掌和废弃钢筋，足足铺了差不多有十厘米厚。古代最残酷的刑具，也不过如此。

我用手电往水泥管内照去，突然看到一根荆棘上挂着一撮细细的黄色纤维。我伸手进去，捻起纤维凑近观看："这是什么？"

马龙看了一眼说："好像是狗毛。"

狗毛……

"刚才多多就是走到这，就不敢往前走了吧？"

马龙和小巩看看身后，点了点头。

我绕到水泥管的另一端，手电往里面一照，看到层层荆棘之上铺着更多的狗毛。所有狗毛都被黑褐色的血迹凝成一块一块的。如果不是知道里面全是锋利的刺，我几乎要觉得水泥管里铺着褐色的毛毯。

马龙和小巩也跟了过来。马龙用手电照了照地面上，说："是血迹。"

"多多刚才就是不想进这根水泥管，所以才退却了吧？"

马龙道："应该是没错了。那些狗身上的血迹，大概就是从这来的。"

小巩不解道："你是说，它们都从这钻过去了？"

"对，而且看血迹，应该不止一次。"

小巩打了个寒战，忍不住抱紧肩膀："为什么啊？这不是自虐吗？"

马龙说："人类也做过类似的事情。理由大都一样：宗教活动。孔德人、阿兹特克人，还有我们的祖先殷商，都盛行活人血祭。有的文明甚至会有人自己给自己放血，他们在祭台上流干鲜血，以死在祭祀仪式中为荣。"

我接着给小巩解释："刚才我就一直在想，这群狗到底是在干什么？你不觉得它们像是在举行某种宗教仪式？"

"可它们只是野狗而已……"

"灰尘也只是猫啊。拥有智慧的各种奇妙生物，咱们还见得少吗？"

小巩仍然不敢相信："所以你是说，这些狗经常搞这种……邪教？然后从这根水泥管里钻过去献祭？献祭什么？"

马龙回答："恐怕是救了我们的那个东西。多多身上的辐射，大概就是因为这个吧？"

马龙说完，目光投向远处黑色剪影般的群山。

凌晨两点，我们回到旅馆。敲了半天门，老板娘非常不满地开门，看到马龙的惨状，突然收起了满脸的不耐烦，问我们："这是怎么了？"

马龙说："让狗咬了，没事，皮肉伤。明天去打狂犬疫苗。"

一觉起来已经快到中午。我叫醒马龙。他的状态还不错，看来昨晚的伤并没有想象中严重。

小巩也已经起床，我俩收拾完喊上她，准备下楼去吃饭。马龙顺便去前台，想给房间续两天费。

老板娘仍然和昨晚一样，坐在前台用电脑看电视剧。马龙叫她："老板娘，房费续两天。"

老板娘先是跟徐老爷子一样，好像没听到我们说话似的。直到马龙喊到第三遍，她才动作僵硬地转过上半身——她的动作就好像，脖子不会动，必须依靠转动胸口来带动脖子一样。

我的心里顿时升起一股怪异的感觉。

老板娘说："不续。"

马龙问："不续？为什么？"

老板娘重复："不续，快走！"

小巩说："老板娘，你开门做生意哪有有钱不赚的道理？我们可以加钱。"

老板娘突然抬起双手——仍然是以僵硬的动作，将柜台上摆放的电话、饮料、名片卡各种东西一股脑全部扫到了地上。

巨大的声音吓了小巩一跳，就连我也始料未及，搞不清眼前的状况。

老板娘第三次重复自己的话，只是这次她的声音还混杂着歇斯底里的尖叫声："不续！快走！快走！"

我们三个被老板娘随手扔过来的东西赶着出了门。身后，老板娘咣的一声关上了旅馆的大门。

马龙还想再尝试一下，敲了敲门，说："老板娘，我们还有东西在房间里呢！"

没有回音，等了一会儿，就在我们开始讨论要不要报警的时候，二楼的窗户打开。我的背包、马龙的衣服、小巩的化妆品还有灰尘，一股脑被她从二楼扔了下来。还好灰尘天赋异禀，从二楼掉下来也站得稳稳的。

之后，旅馆老板娘就没有再回应过我们了。

收拾着地上扔的各种东西，我问马龙："这老板娘是中邪了？要不要再进去看看？"

马龙说："不用，情况也没有太糟糕。"

小巩看着自己的口红断成两截，哇哇大叫："这还不糟？我要杀人了！"

马龙笑道："至少她能听懂我们的话，说明脑子还清楚着呢。究竟怎么回事，等我们查清楚多多的事再说。"

我问他："那现在呢？怎么办？连住的地方都没有了。"

"走一步看一步，现在先去吃饭！吃饱了才能干活。"

很快，我就和小巩再次站成统一战线。情况比我们想象的要糟糕得多。不知道为什么，今天好像整个镇子上的人都变成了刚见面时的徐老爷子，处处和我们作对。

饭馆老板一看见我们，就说今天不做生意，让我们赶紧走。小吃、农家乐挨着一家家问过去，没有一家店愿意接待我们。

更离谱的是，马龙问徐老爷子家住哪儿，居然也没人回答。全都是简洁明了的一句"快走"。甚至连居民楼下的小卖部都是如此。

马龙连连叹气，差点以为自己是黄世仁，体验了一把过街老鼠的感觉。

今天是工作日，镇上没什么游客。街头的人看起来都像是本地人，每个人都动作僵硬，如旅馆老板娘一般。小巩还试着找了另一家旅馆，老板果然也不欢迎我们。

最终，马龙做出决定："还是先去找徐老爷子。"

还好车上常年备着压缩饼干和能量棒，我们仨坐在车上对付了一口吃的，开车往小学的方向行去。昨晚为了方便，我们把车停在了旅馆楼下。小学离我们不过几百米距离，一脚油就到。街上的行人都动作僵硬地行走着，看到我们，立刻恶狠狠地瞪过来。

老人没在停车场的岗亭内。马龙只好再给徐书文打了个电话。根据徐书文的指引，我们沿着公路一路向北，离开了大峪口镇。镇外郁郁葱葱，绿水青山。行驶了五分钟左右，渐渐能够看到山腰上的白色民居。

峪口里夏秋两季经常会有山洪，所以村民们都住在山上。往往一座山上只住着一户人家。二十世纪两户人家去邻居家串门都得走一个钟头，还好现在村里都通了路，我们的车直接开到了山腰上徐老爷子家门口。

我们刚下车，老人已经打开院门。

"老远听见车响就知道是你们。"说完他让开门，自己踱步进了正屋。

我们先后跨进院门，院子里靠门不远的地方有一座狗屋。说是狗屋，其实连棚子都算不上。不过是几根木头支起一个架子，四周用木板挡住，上面再铺块破毛毡。

多多趴在狗屋里，正舔着昨晚留下的伤口。

徐老爷子从屋里又出来，手里端着一个碗，将里面的东西一股脑倒进狗屋前的一只铁盆。我看了一眼，是煮烂的碎面条。果然是他吃啥就给多多吃啥。

老爷子气得直哼哼："狗娃子，屁大点儿本事还出去跟人家打架。你以为你老子是二郎神？"

马龙问道："叔，多多以前不跟人打架吗？"

老爷子回答："它有那胆？"

我心里顿时明白过来。也就是说，多多被徐书文送回大峪口镇之后，攻击性虽然很强，但并没有咬过徐老爷子，或者跟镇上的野狗打架。这倒是符合一般没有训练好的狗的特征。它把主人当作仆从，稍有不顺心就会攻击。但它对野狗和普通人，充其量也就是戒备心比较强。

假如说，多多是来到大峪口镇之后，因为加入了镇上野狗的邪教，而变得聪明和温顺，那么我们昨晚目睹的仪式，持续时间最多只有几个月。也就是从多多被徐书文送回老家之后的某天到现在。

徐老爷子喂完狗，回头进了屋。我们三个跟着进来坐下，老人又给我们散烟，待三人都拒绝后才给自己点上，说："找我有啥事？"

马龙想了想，先从闲处问起："您今天没去上班？"

"昨晚上喝了两盅，睡过了。反正不是节假日也没啥人。"

马龙又问："您跟镇上的人都很熟悉吧？"

"乡里乡亲的，大半都认识。"

"我们昨晚遇到点事，今早起来，镇上的人好像突然不太欢迎我们，饭店歇业，旅馆赶人，商店也不卖东西。不知道我们犯了什么禁忌？"

老人眉毛一挑："看你长得怪老实，欺负谁家姑娘啦？"

小巩忍不住接话："我们什么都没干。"

我又补充："镇上的人今天动作都僵硬得很。尤其是脖子……我不知道怎么说，反正看着很不对劲。"

徐老爷子面色一变，问道："镇上又出野人了？"

7 进秦岭找神秘生物

"野人？"马龙问道，"什么野人？"

老人看到马龙疑惑的表情，松了口气："从大峪口进秦岭，有个地方叫野人沟。老辈人说那是野人住的地方。二〇〇几年，有几个野营的大学生，在那看见野人了。过了一段时间，城里就来了些人，说是野生动物研究所的，要考察野人。刚住一天，不知道咋回事，让全镇人合起来给打跑了。"

我问他："您当时在镇里吗？"

老人撇撇嘴："我那会儿还在城里揽工，书文没成家立业，我得好好挣钱给娃买房嘛。"

小巩问："后来呢？"

"后来派出所来人，要抓打人闹事的，也抓不着。那警察正好我儿子认识，要不说还是得让娃考编制呢？有人就能办事！再后来派出所调监控，小地方，就学校和镇政府门口有摄像头，拍着几个镇上的年轻人，就跟你说的一样，脖子僵。但是后来问，又说落枕了。"

"我们今天看到的人可都是这样，不可能全镇的人都落枕了吧？"

"那年野人那个事过去，还真有好多人都说落枕了。"

马龙一笑："至少说明，两件事存在某种联系。"

我问徐老爷子："那后来呢？不可能因为镇上的人闹事，考察就不进行了吧？"

"后来把带头打人的拘留了几天。考察的人就自己带帐篷进山了，别说野人，球都没找着。养一群吃干饭的。"

此时，多多从外面进来，跑到老人家的脚边，亲昵地卧倒在他脚边。徐老爷子伸手抚摸着多多的后背，说："书文给我打电话了，说你们几个是他单位领导的朋友，能办事的，让我给你们帮忙。实在不行，你们就在我这住两天。"

"那倒不用。"马龙说，"不过多多我可能得再带走，后面的事情还需要它帮忙。"

晚上七点，我们三个回到长安，先送马龙去医院处理伤口打疫苗。我和小巩则回公司做准备。

回来的路上，我们三个对整件事做了个复盘。马龙推测，那个发出怪异啸声的生物，应该就是所有事情的始作俑者。多多身上的辐射、狗群组织的宗教，还有大峪口镇居民的奇特变化，都跟它有关。而要找到它，眼下唯一的办法只有依靠多多。

我在多多身上装了追踪器。然后把各种出任务的装备一股脑装进车里，按马龙的要求，我还准备了全套的户外露营装备。

三天后，马龙的伤势已无大碍。我们准备万全，开着两辆车再次来到大峪口镇。奇怪的是，原本我们打算直接去徐老爷子家投宿，没想到镇上的人对我们的敌意彻底消失了，甚至压根就不认识我们。

我们在镇上放下多多，住了一天，再没有听见晚上的野狗叫声。问旅馆老板，说是这两天野狗都不知道跑哪儿去了，白天都看不见。

三人商量后，都觉得我们要找的神秘生物大概率已经进了秦岭。于是只好再次找上徐老爷子，请求他当向导，带我们进山。至于镇上的人，马龙说上次他们赶我们走，太不可靠。

徐老爷子原本不太想答应。但马龙摸准了他的脾气，这次上门好烟好酒营养品带了一大堆。老人一看见我们三个手里拎得满满当当，笑得像过年见到了儿子儿媳，还是抱着大孙子的那种。

碍于礼物的面子，老人家勉强答应了我们的要求。马龙带着他，我带着小巩，我们向深山里行去。

车走了大概一小时，拐上一条土路。土路边有一条小河，岸边扔着许多饮料瓶塑料袋之类的垃圾。老人告诉我们，来大峪口的人有一半是来露营的，主要的营地就是这些地方，没人管。

再走一段，土路也消失了。路的尽头出现一座破庙。庙有四面墙，塌了三面，显然已经荒废了很多年。徐老爷子说，村里人一般最远也就到这。庙荒了以后，来这儿的人就少了。再往里就是野梢林，没路。他是年轻时候吃不饱，跟村里小伙子跑山上摘行军果垫肚子，才跑到野人沟。

已经是下午了，徒步进山不太安全。我们把车停在破庙门前的开阔地，原地扎营。灰尘和多多都被放出来，在野外撒欢。我和马龙搭起帐篷，砍了些树枝围在营地四周。小巩从车上拿了猫狗罐头，喂它俩吃。

徐老爷子啧啧称奇："现在的猫狗，吃得比人都好。"

马龙说："咱们吃得肯定比它俩好。"

我和马龙从车上搬下来酒精炉和厨具。车上有冰箱，马龙准备了足够的肉类和蔬菜，还亲自下厨给我们做了一顿露营大餐。吃得老人家赞叹不绝，连说可惜，这次出来也没带瓶酒。

吃完饭天已经彻底黑了下来。我们围坐在酒精炉前，仰头就能看见灿烂星河，四野无人，虫鸣蝲跃。我突然想起，好像很多年没看到过这样的夜空了。小巩也一样，我俩像两个傻子似的，抬着头在天上找小学课本上认识的那几个星座。

马龙笑说："前几天让你们出来听听蛙鸣，还不愿意。"看我们俩找星座找得起劲，又说，"回去找几本星相学的书给你们看看。"

小巩不满："好不容易出来，你怎么还布置上作业了？扫不扫兴？"

马龙也抬头看了看星空，然后指着南方的天空说："你们看那，有一片像雾一样模糊的星云里面，最亮的那颗星星，仔细看，能看到行星环。"

"行星环？"小巩问，"那不是土星吗？"

"就是让你们看土星啊。那片星云是二十八宿里的鬼宿。在古代，这个星象叫作填星犯舆鬼，是大凶之象。"

我吐槽他："呸！出任务呢，你能不能说点好听的？"

马龙道："土星每二十八年才在一个星宿停一次，让你们看稀罕，当我教你们算命呢？"

正想还嘴，我的包里突然传出一个电子音："有情况有情况。"

小巩被吓了一跳，看我打开包拿出 GPS 按下静音，忍不住说：

"你神经病啊，GPS搞什么语音？"

"不是的。"我向他们解释，"我设置的是，多多心跳加速的时候，才会语音提醒。"

8　山影中的巨大触手

我们都没想到，多多在深山老林里居然会独自跑出去那么远。GPS显示，它在离我们将近两公里的地方。但野外不是城市，徒步两公里的距离其实很费劲儿，尤其是在晚上。

而且多多心跳加速的话，一定是发现了什么。

我们商量了一下，决定让徐老爷子和小巩留在营地休息，我和马龙去看看情况，带多多回来。

我们俩穿戴好装备，走进了丛林中。还好这次准备周全，我俩人手一把开山刀，在植物茂密的树林里也能一路蹚过去。

毕竟是深夜，手电虽然能照射上百米的距离，但四周环境非常复杂。光线根本照不了多远，就会被植物和山体挡住。我们俩能大致看清的，也就眼前十几二十米距离。再加上夜里走山路，每走一步都得先看清脚下，以防扭伤和摔伤，所以我们俩的行进速度非常之慢。

四周的丛林里传出了各种声音，某种动物穿过灌木丛踩踏草地，某种东西在喘息惊叫，还有扑簌簌不知什么飞过的声音。

我一路走得战战兢兢，全靠手里的刀壮胆。本来这趟出来我想带上喷火枪的，但马龙说放火烧山牢底坐穿，不许我带。最后只带了刀和电击棍，以防再被动物袭击。这下好了，真遇到个什么还得肉搏。

我们在丛林中走了一个多小时，爬坡下坎，来到一处山谷。

脚下突然平坦起来，植物也明显地变少。GPS显示，多多就在我们不远处。还好没看到野狗群，至少多多应该是安全的。

在平地上走出去没多远，我突然看到多多蹲在不远处的空地上。正想呼唤，马龙抬手将我按住，说："等一下，先看看。"

"看什么？"话一出口我发觉不对，多多面对着我们，眼睛也睁着，但它一点反应都没有，就好像我们是两块石头。

如果是多多，它至少应该能分辨出我们的气味，然后看我们一眼。

然而我们俩原地等了半天，也不见多多有何动作。我悄悄摸出电击棍，递给马龙一根，两人弯腰走到多多身边，仍然什么都没有发生。手在多多眼前晃一晃，它瞳孔都不带动一下的。

又等了一会儿，我们俩确定没危险，才放松下来，收起了刀。

我问马龙："怎么办？扛回去？"

马龙皱眉："总感觉哪不对劲……这是什么？"

"什么？"

马龙蹲下来，一手抚过地面，看了看手中的土，又用舌尖蘸了一点尝了一下，唾到地上。

"你干吗？别告诉我是毒品。"

"扯，这是熟土。"

马龙拍了拍手站起来，用手电照亮四周，环顾一圈。顺着他的手电光，我才发现地面上似乎有一个巨大的图案。

马龙解释着："古代没有水泥，就把黄土先炒再烧，然后加入盐碱。这种土就叫熟土。熟土夯实之后，上千年寸草不生。这东西很多古城遗迹里都有，有记载最早这么干的是秦直道。"

怪不得这片空地上连根草都没有。

"不对啊。"我说，"秦直道的起点不是在淳化吗？"

"我也没说这是秦直道。"

马龙说着，走到空地旁边的一个土坡上，用手电照着四下观察，仿佛想把地面上的图案全部纳入眼中。我也跟着爬上土坡，往下看去。

这片空地呈长方形，有数百平方米。地面上，无数线条勾勒出圆润的弧线。有的线条上画着臃肿的圆，有的则分叉，变成细细的刺状。弧线彼此交织又互不干扰，既和谐又怪异，就像……就像前几天那些野狗站立的位置。弧线之间似乎有着细微不同。最中间的线条像主干，大部分更细的弧线由它延展而来。仿佛万千触手在狂舞，但不像海草或章鱼那样，线条漂浮或下沉。

姑且将最中间的粗线条称为主干。主干大概有二十厘米宽。它的一端，画着一个巨大的不规则的圆，形状接近核桃仁。而多多站的位置，就在核桃的正中央。

我见过历史上真实的魔法阵，也见过许多风格怪异的壁画，但却无法将眼前的东西和任何已知的图案联系起来。

我问："看出来什么没有？"

马龙说："有一点猜测，但需要证实。"

"现在怎么办？"

"你觉得多多怎么才能醒？"

我想了想，说："总感觉邪门得很，要不用电棍直接电晕它，带回去再说？"

"行。"

"真干啊？"

"地上画的这玩意儿如果是活的，咱俩都得交待在这儿。这一趟，带回多多就算成功。"

说干就干。我们俩回到空地上，拿出电棍，刚想戳多多一下，一阵悠长的啸声从树林中传出。我被吓了一跳，停止手中动作，然后就听见一阵动物奔跑的声音。再看四周，大峪口镇上的野狗接连出现，把我们俩围在空地中央，龇着牙低声咆哮，仿佛下一刻就要冲上来把我们撕碎。

完了，我心想，这种情况还真没啥能比喷火器好使的。偏偏我们俩只有刀和电击棍。

但不知为什么，它们只是围着我俩，并没有攻击。对峙片刻，一个高大的人影从树林中走出来，越过狗群，走近我们。

马龙的手电照过去。一瞬间，我的心中蹦出两个字：野人！

它的身上长着厚厚的毛发。肩膀宽阔，体格非常壮实，但身高只有一米五左右。肩膀上面，是一颗黑棕色毛发的狗头。双耳直立，像是黑背一类的犬种。可是看它的胳膊，却又完全和狗联系不上。它的肩、肘关节好像发生了某种变异，使它可以不用像一般犬类一样，站立时只能垂着爪子，而可以用接近人类的姿态行动。

甚至在马龙的手电光照到它时，它立刻抬起手掌挡住强光。马龙意识到它的不适，立刻将手电光打到地面上，并说："抱歉，我没有恶意。"

不知道它能不能听懂马龙的话，我看着它越走越近，偷偷解开刀套上的扣子，握住刀柄。

马龙再次出声："我知道你能听懂我说的话，我也能听懂你的语言。"

它终于停下脚步。马龙将背包和手电、刀具一一放在地上，渐渐走近它，一边双手摊开，说："我没有恶意。"

片刻后，马龙走到它面前，伸出一只手缓缓接近它的额头。当马龙的手放在它额头上的刹那，我明显感觉它颤抖了一下。四周的野狗也疯狂吼叫起来，吓得我立刻拔出刀，紧紧握在手中。

还好它们没有扑过来。随着马龙和那个"野人"彻底静止了下来，狗群也变得平静。

不知道过了多久，我感觉我手心的汗已经彻底干掉，关节都有些僵硬的时候，马龙终于抬起手，退回我身边。

我刚想问他怎么回事，抬头却看见马龙紧闭双眼，神情肃穆。

我低声问他："怎么了？"

马龙说："别动，别说话。"

那个"野人"没有动作，目光仍然注视着我们。片刻，我突然听到身后传来细碎的脚步声。多多居然在此时醒了过来。它从我们身边走过，经过野人身边，走向地面上图案的尽头：一片看不清的树林。

野人和野狗随着多多的步伐，目光也看向树林。此时我反应过来，野人刚才看的不是我们，而是多多。只是因为光线太暗，才让我有了被它注视的感觉。

接着，我听到一阵断断续续的呜咽声。那是狗在剧痛中才会发出的声音。我心中恍然大悟，那片树林里，也有着烂尾楼下水泥管一般的"路"——一条被血染成红色的荆棘之路。

那是它们的宗教仪式？它们是在完成那一夜未竟的工作吗？

我心中不忍，但看马龙纹丝不动，只好忍住自己想救多多的冲动。片刻之后，多多的声音越来越低，终于彻底消失。"野人"扭头进入树林，其他野狗也融入夜色，转瞬之间全部消失。

空地上只剩我和马龙。我问他："你眼睛怎么了？"

马龙说："跟未知生物沟通的后遗症，没事，天亮大概就好了。咱们还能回去吗？"

"闭着眼走夜路不是找死吗？这是秦岭。"我回答他，"在这儿凑合一晚吧。"

　　冷风一吹，我打了寒战，这才发现刚才出了一身冷汗。万一得失温症就麻烦了。我把马龙安顿好，去周围砍了些柴，在空地上升起一堆篝火。希望天亮后他的眼睛能好起来，要不然就只能联系搜救队了。

　　这个过程中，马龙告诉我，他和野人已经达成了协议。他们会自己找地方建立家园，以后不会再影响人类。大峪口镇的异状，确实是它干的。

　　至于怎么干的，我几天后才知道。

　　当我生起篝火之时，突然觉得南方的天空上，马龙指给我看过的土星消失了。土星会消失？这怎么可能！

　　我擦了擦眼睛，土星和鬼宿的星云再次出现。但旁边的星星却闪烁一下，消失了几秒，又亮起来。此时土星再次消失。

　　这不是幻觉。我努力睁大眼睛，不自觉地往黑暗中走去。片刻之后，当土星再次亮起时，我突然反应过来，不是星星消失了，而是有什么东西挡住了星星。而且那个东西还在动……是它的摆动让星星看起来像是在闪烁；是它比秦岭深山中的夜更加漆黑的颜色，让我几乎无法注意到它的存在。

　　那是从秦岭庞大无匹的山影之中探出来，蔓延到南方夜空之上的一根触手。隐约能够看到，巨大触手上还有一个臃肿的圆疙瘩……那是我们脚下的图案所描绘之物。

　　在我陷入呆滞的时刻，马龙正在给我讲述他推测的野人的由来。而我已经什么都听不见。他反复叫我："八斗，出什么事了？你在哪？"

　　接着，马龙听见重物落地的声音，那是我失去意识倒地了。

9　怪诞不死虫

我在一天一夜后的清晨醒了，彼时正躺在公司休息室内。

马龙和小巩都在公司守着我。看我醒来，马龙露出了非常意外的表情。他告诉我，原本以为我会昏迷至少一个礼拜。

那一夜我昏迷过去后，马龙摸出卫星电话，联系上了小巩。她和徐老爷子连夜过来，照顾我直到天亮。天亮后，他们又联系搜救队将我抬了出去。徐老爷子证实，我们和野人对峙的那片空地不远处，就是野人沟。

马龙问我，你梦到什么了？有没有觉得哪不舒服？

我以为看到的东西是梦境，告诉马龙，他却说那是真实的，不是幻觉。除此之外，我的脑中没有任何光怪陆离的印象残留。

所有的事情，根源都在那神秘的巨大物体。马龙说，当他看到地面上的图案之时，就已经有了猜测。只是没想到会有活的。

他说，那东西的名字叫作怪诞不死虫。

怪诞虫诞生自寒武纪，它以生命体的幻觉为食。所有目睹它的生命都会陷入幻觉。这种幻觉是它为自己的生存制造的养料。越复杂的生命体，幻觉越多且越复杂，所以怪诞虫的力量会促进生命体的进化。据马龙说，智人最初的进化，就和怪诞虫有关。

很显然，野人沟的野人，是因为怪诞虫才发生的变异。多多身上带的辐射，以及它突然变得聪明和温驯，大概就源自野人。

我不解："寒武纪的生物，你居然能看到记载？什么东西记载的？"

"石渠阁里的书。"

"石渠阁？那不是汉朝辩经的地方吗？"

"那是历史记载。真正的石渠是一片早于人类文明的遗迹，里面记载的东西被历代不平人保管着。包括……"

"什么？"

"有机会带你去看看吧。"

"又卖关子。"

马龙笑了："就怕去了以后，你又静不下心来读书。休息吧，这两天给你做个体检。我一直都知道你有点不一样，没想到怪诞虫都没把你带走。厉害！"

"切！你跟那个野人怎么聊天的？脑电波？"

"可能吧，年轻时偶然获得了这么个技能。很久没用过了。"

"你们说了什么？"

"我让它们离开人类生活的地方。"

"它就同意了？"

"不同意我就跟它们同归于尽啊。"

"靠什么？电击棍？"

马龙笑笑："这个保密，希望以后别遇着真得用它的时候。"

从他的笑容里我看出来，那天晚上他真的准备好赴死了。他说的是"它们"，那晚的野狗少说有几十只，这么多狗一起死，那估计我也活不成。难道马龙的秘密是什么大规模杀伤性武器？

又过了一天，我恢复如常，做了体检，没什么特别的发现，好像怪诞虫的辐射对我不起作用似的。

我们对整件事做了复盘。怪诞虫促成了一只狗的变异，这只狗又辐射到狗群，从而进化出一个简单的、拥有宗教的文明雏形。马龙推测，那片空地可能是古人修筑某种军事设施的遗迹。至于为什么荒废，大概率是因为怪诞虫导致的神秘事件。之后野人就把它当作类似宗教场所的地方用了。

至于镇上的人，马龙告诉我一件令人不安的事情。那个野人不仅收服了一群野狗当臣民，还花费大量时间驯化了全镇的人，手段未知。所有来打扰它建立自己王国的人，都被它用镇上的人赶走了。除了我们。

它原本目睹狗群的生存状况，对人类抱有敌意。但我们无意间闯入，最终阻止了它。所幸只要它离开，镇上的居民们并不会有太大影响。它的驯化方式更接近于怪诞虫式的"幻觉"。

唯一让我们担心的是，乐乐在婴儿时期长期和多多在一起，被它身上的辐射影响到了。小巩所见到的乐乐的"聪明"，实际上是大脑的提前发育。人类的大脑在成长过程中，脑核系统、脑缘系统和皮质层会先后发育。但当童年压力过大时，皮质层会提前发育，导致小孩早熟，以失去情绪稳定能力、想象力和专注力为代价，变得"懂事"起来。早熟的孩子揣摩大人的心思，实际上是在强行适应生存的环境。

好在，灰尘似乎可以克制这种辐射。

马龙说，如果把那个野人算作怪诞虫的眷属的话，那么灰尘显然至少凌驾于多多这一层级之上。至于灰尘见到怪诞虫会是怎样的景象，连无所不知的马龙也无法做出推测。

我们把灰尘送去徐书文家里住了几个月时间。直到检测出辐射值下降到非常低的程度，才将灰尘带回来。

唯一可惜的是多多。它在未来将成为一个新的文明最早的成员，但我们无法向徐书文一家人解释这件事。只好告诉他，多多和狗群逃进了秦岭。毕竟大峪口上的野狗群一夜之间全部消失，他们迟早会知道。

我们反复询问了多多和他们对话的细节，发现多多所有的话都是碎片式的。想想也正常，狗敲键盘，能表达多复杂的意思？马龙断定，多多承认自己是他们的孩子，只是一场误会。

怪诞虫

我们反复向徐书文夫妇解释这件事后，薛贞明显放松了下来。但徐书文却看向多多的键盘，表情怅然若失。

可能在他心里，某段时间确实把多多当成了自己的孩子吧。

魇镇尸

　　我闺密小小非说这是撞邪了，一开始我还觉得她迷信，可后来有一晚……有一晚我看到……我看到我家的手办居然自己移动了！我才意识到，自己是真的撞邪了！

1 会半夜移动的手办

小巩风风火火闯进门，灰尘正在打盹，被吓得一蹦三尺高。

我抬起头，看到小巩满头大汗，手中抱着一个纸箱向我求助："八斗，快，快帮我……"

"放地上不就行了。"我站起身向小巩走去，接过纸箱，"你这咋咋呼呼的是又买了什么回来？"

"嘿！年轻人的玩意儿，你不懂。"小巩喘着气，一边拿起桌上纸扇扇风一边抱怨，"长安最近的天真是热死人。"

我把她的纸箱放在桌上，幸灾乐祸："让你早点儿来办公室你不听，40℃的天气有免费空调不香吗？"

小巩不屑道："老板都出差不在，你还这么勤快？这就是'社畜'的自我修养吗？"

我还没想好说什么回嘴，门忽然又开了。

一个身穿长款风衣、戴着墨镜的长发女性推开门，小心翼翼地问："你好，请问……马龙……马先生在吗？"

找马龙的？我心里嘀咕，马龙离开前也没交代什么事啊。

小巩放下扇子，冲门口的女士礼貌一笑，说："不好意思，我们老板出差了，没在长安，估计得下个月才能回长安。"

她惊讶地"啊"了一声，言语间充满遗憾。

我好奇问道："找我们老板是有什么急事吗？"

她摇摇头正要说话，忽然愣了一下，然后走进门来盯着我，露出惊喜神色："八斗？你是刘八斗？"

我一愣，脑子里盘算半天，还是没想起眼前这人是谁。

"是我啊！我！"她指指自己，忽觉自己戴着墨镜，又赶忙摘下，露出精致的面容，"是我！你初中的老同学，张俪娜呀！"

"张俪娜？"我大惊，心中怎么也没法把初中那个温声温气的小女孩，和眼前这个时尚精致的都市女性联系在一起。

"对！是我啊！"张俪娜很高兴，"没想到会在这里遇见老同学！哎呀真是太好了！太好了！老同学你可得帮帮我啊！"

我嘴上客气着，忙招呼她进办公室坐下。

沏茶的时候，小巩顶着一张八卦脸悄悄问我："你初恋？"

"怎么可能，就是普通同学。"我嘴上说着，脑海里也不禁泛起初中时的一些美好记忆。

小巩显然不信，"切"了一声说："普通同学偶遇，可不会这么兴奋呀。你没看到她刚刚坐那悄悄抹眼泪呢！"

抹眼泪？我一怔，忽然想起她到这可是来找马龙的。我摸着下巴说："她来找马龙，肯定是摊上什么事了。你先别八卦，有工作要干呢。"

三人坐定，我问起张俪娜来意。

张俪娜抠着手指面色犹疑，良久后才说："我遇上了一些……一些古怪事，终南山的梁道长指引我来找马先生。"

梁道长是马龙的朋友，道行非凡。有什么事他解决不了，要指点张俪娜来找马龙呢？

我和小巩对视一眼，意识到事情可能不简单。

小巩温言劝张俪娜说："你和八斗是老同学，不用有顾忌，有啥说啥。别看马老板不在，我俩也是专业的。"

张俪娜一脸苦容，艰难地说："我……觉得自己撞邪了！"

说着，她撩起了袖子，我看到她胳膊上有几条红线从手腕部分一直延伸到大臂。红线四周还有无数密密麻麻的红斑，整个手臂上几乎找不到完好的皮肤。

张俪娜哭丧着脸说："不只是胳膊，腿上、脖子上、身体上，我现在浑身都有这种红色的线斑，根本没法见人。长安四十度的天气，我出门还得裹得严严实实的。"

小巩问："去过医院了吗？"

张俪娜摇摇头，红着眼睛说："去过了，不顶事。医生只说是皮肤过敏，但过敏原查不出来，怎么治也没个说法。现在乱七八糟吃了一堆药根本不见效。"

我说："你这个……也谈不上撞邪吧？最多算是……"

"是撞邪！"张俪娜脸色惨白，语气斩钉截铁，"我就是被鬼缠上了，不然梁道长为什么让我来找马先生？梁道长说你们可是专门抓鬼的。"

"我……这个……"我挠挠头说，"我们其实是科学，不是捉鬼。"

小巩白了我一眼，转头劝慰她说："不急，你整理整理思绪，从头开始说起。"

张俪娜点点头，平复了下心情，开始讲述她的撞邪经历：

"前几天的周五晚上，我加班到很晚所以心情很糟，下班后就去南门的酒吧喝酒。喝到十一点多准备回家，在一个十字路口等红灯时，被旁边的人挤了一下没站稳，加上当时自己喝得也有些飘，没留神一脚踩进了旁边一个正在烧纸的白圈里。

"那晚街上和人行道路口有很多人在烧纸衣纸钱，我踩到白圈后，正蹲在那烧纸钱的大妈就站起来骂我。一开始我还觉得理亏赶忙道歉，但那个大妈嘴没个停，非说我冲撞了她先人要我赔钱，还扯着我不让我走。

"我酒气一上来，没忍住和她吵了几句，走的时候还一脚把白圈里的纸钱灰都踢飞了。回家后我越想越气，就发微信给我闺密文小小吐槽，结果小小告诉我那天是阴历七月十五，是鬼节。遇上这种事不吉利，让我抽空去庙里拜拜。当时我也没多想，就只觉得有点儿晦气。

"等洗完澡躺在床上一琢磨，这才后怕起来，那晚也睡得不踏实，老是感觉有什么东西在屋子里似的。

"等隔天起床，我就发现自己身上起了这奇怪的红斑。一开始我还以为喝到假酒过敏了，但接下来几天这红斑越长越多，弄得我又痛又痒。而且只要我一吃肉，这个红斑的痛痒就会加剧。

"我闺密小小非说这是撞邪了，一开始我还觉得她迷信，可后来有一晚……有一晚我看到……我看到我家的手办居然自己移动了！我才意识到，自己是真的撞邪了！有个鬼附在了我的潮玩手办上！你们看。"

张俪娜说着，拿出手机调出视频，递给我和小巩看。我点开手机上的视频，看到黑暗里一个嘟嘴小姑娘造型的盲盒手办，正在左右微微晃动，虽然幅度很小，但依旧能看清它在缓慢地向前挪动。而监控视频的时间显示是凌晨三点。

小巩忍不住嘀咕："这也太诡异了吧。"

我点点头，示意张俪娜继续讲下去。

张俪娜苦着脸继续说："这是我前几天录到的。一开始我还觉得是自己疑神疑鬼，后来我试着连续几天把它放在不同位置，第二天它都会向左或者向右移动几厘米。有一晚我实在受不了这种诡异情况，专门放了监控后去家附近的酒店住下。第二天一早到家查看监控，录到的就是这。"

我又看了下手机上的视频，问："那这个手办现在在哪儿？扔了没有？"

张俪娜摇摇头说："老家人都说被鬼缠上了只能请走，不能硬赶。出了这事后，我把这个手办锁死在一个抽屉里了。现在一到深夜那个抽屉里还是会有响声，好像手办娃娃想出来一样。之后闺密建议我去请人作法，我就请假去终南山想找个懂驱鬼的大师，没想到遇上一个道长听我说了经历后，就推荐我来了这里。"

说完，张俪娜抬头问我："八斗，你懂这个，你说我是不是因为那晚踢翻了白圈里的纸灰堆，所以被那个鬼记恨上了？他吃不着供品纸钱，就下诅咒也不让我吃肉了？"

我一边想着整个故事中的疑点，一边随口说："我们老家那边确有个说法，烧纸钱时画白圈就是怕别的孤魂野鬼抢食……"

小巩突然打断我："别听八斗瞎说，这个是影响不到人的哈，你放心。"

我这才留意到张俪娜变幻的脸色，忙转口劝慰："对，这背后肯定是有什么原因的，具体真相得我们去调查，但你放心，撞邪遇鬼什么的，肯定是不存在的！"

说完我转头对小巩说："收拾东西，带上灰尘，咱们去现场看看。"

2　跨越大洋的蜱虫

张俪娜坚持开她的车给我们当司机，大热天的我和小巩也乐得清闲，就抱着灰尘背上东西上了她的车。

路上闲聊，我才知道张俪娜大学去了泰国留学，毕业后回长安进了银行系统工作。最近因为遇上这事还专门请了长假。

车开到南门，张俪娜找了个地方停好车。我们三人一猫顶着大太阳，走到张俪娜说的那个十字路口。张俪娜指着人行道说，那晚她踢到的白圈就在这儿。但地上什么都看不见。想必是环卫工认真负责，鬼节过后就将白圈擦得干干净净，纸钱灰更是一丁点儿不见，干净得可以让我一屁股坐在地上。

小巩放下灰尘，灰尘原地转了一圈后像被烫了爪子一般，嗖一下蹿了回去，趴在小巩怀里连打几个喷嚏。

小巩抱着灰尘更热了，擦着汗说："看来这里真没什么，咱走吧，待会儿别把灰尘热坏了。"

我点点头，对张俪娜解释说："放心吧，这地方一切正常。"

张俪娜投来疑问的眼神，满眼写着"就这？"，一脸看神棍的表情。

我只得解释说："你别看这小猫胖墩墩的，灰尘的眼睛可以看到一些特殊的和细微的痕迹，它对这里没反应，就说明这里一切正常。走吧走吧，热死了，我们去看看你锁起来的那个手办。"

张俪娜满脸狐疑，但也没说什么，我们回到车内，吹着空调凉快了好一会儿，这才再次发动车子。

张俪娜的家在北郊，离南门不算远，只花了十来分钟车就开到了她家楼下。

进屋后，张俪娜招呼我们坐下，然后自己走到阳台，摸出一把钥匙，打开橱柜，拿出一个盒子，摆在茶几上。

我问她："这就是那个晚上自己动的手办？"

她点了点头。

我打开盒子，映入眼帘的是一个拳头大小的手办。手办造型是个有着湖绿色大眼睛的噘嘴小姑娘，正是监控视频里的那个。

"哇！"一旁的小巩发出赞叹，"这是 Molly 节日限定的隐藏款啊！我刚买了一盒，不知道能不能抽个隐藏款。"

我心想难怪小巩取的快递那么重，原来也是潮玩手办。

张俪娜有些不好意思地笑笑说："是啊，我挺喜欢潮流玩具的，这个是前男友追我的时候送的，前两天虽然分手了，但这个隐藏款很难买，我一直也没舍得扔掉。"

我点点头，小心翼翼拿起了那个限量款手办，手感比我想象的沉重一些。刚要喊小巩拿设备看看，原本安稳蹲在小巩膝盖上的灰尘突然炸毛了，弓背对着我手中的手办，龇牙咧嘴发出了威胁的喵呜声。

小巩张大了嘴："这东西还真有问题啊！"

张俪娜结结巴巴地说："是不是……那个鬼……鬼还在这上边附着？"

我摇摇头，能让灰尘反应这么强烈的，不可能是普通的脏东西。我问张俪娜："那晚回来后到上床睡觉这段时间，你有动过这个公仔吗？"

张俪娜侧着头想了片刻，肯定地说："没有。"

我一怔，这就奇怪了。灰尘对这个手办反应这么强烈，说明这东西肯定是有什么古怪。但张俪娜那晚压根儿没碰到过这个手办，而且这个手办早就在屋子里了。为什么不早不晚，偏偏就是那晚开始出事？

难道引起她皮肤病的源头，不是这个手办？

想了一会儿，我决定先放下这个问题，找找其他线索。

收好手办后，灰尘果然不再紧张，小巩放开灰尘让它在屋子里四处逛逛，然后拿出仪器测了一下房间中的磁场，灰尘也兀自打着哈欠，显得对这地方毫不感兴趣。

"八斗！"

我正头大，小巩突然在卧室喊我。我走进去，小巩说："床下有什么东西。"

有东西？我投去好奇的目光。小巩想了想，说："像是某种信息素，但很微弱。"

一旁的张俪娜紧张起来，说："床底下我就放了几双鞋，什么东西都没有啊！"

我俯身下去，手机的灯光扫过，看到一双表皮略微破损的高跟皮鞋。

张俪娜解释说："这是我那晚穿的鞋，因为踩进纸灰堆，被烫坏了点儿皮。"

小巩拿着仪器一扫，说："信息素就是这鞋上发出来的。"

说着她接过鞋子，在征得张俪娜同意后，把鞋子左右翻找片刻，之后取出一个小小的镊子，从皮鞋缝隙间夹出一个肉眼几不可察的小黑粒。

"这是？"张俪娜看向我，我看向小巩。

小巩眯着眼仔细看了看那个只有几毫米的小黑粒，嘀咕着说："奇怪……外形看起来像是栖息在美国弗吉尼亚州的一种微型蜱虫，但这玩意儿全球也只在美国东部大洋沿岸地区发现过，怎么会出现在长安？不行，得拿回去检查一下。"

我点点头，心想红线斑的皮肤过敏原大概是找到了。

问题是这种蜱虫怎么会跨越大洋，出现在这里？物种入侵？自然迁徙？

还是说是有人故意设计？打击报复？

我转头问："你最近有得罪什么人吗？"

张俪娜苦思半天，哭丧着脸说："没有啊！除了那晚和那烧纸钱的大妈吵了一架，我根本没什么仇家啊！"

门外突然响起一阵剧烈的敲门声。

"娜娜！娜娜开门啊！是我！"

一个年轻男性的声音传了进来。

我和小巩同时看向张俪娜，她有些不好意思，解释说："是我前男友薛浩辰，最近老在微信上找我，我一直没理会，今天还找上门了。"

说着去开了门，进来一个面相斯文干净的男性，一看到我就满怀敌意，指着我问张俪娜："娜娜，这是谁？"

我无奈解释说："我是她初中同学，帮张俪娜过来处理点事。"

张俪娜连忙附和。

"老同学，娜娜你……"斯文前男友话说一半，目光落在了桌上的手办盒子。

薛浩辰质问张俪娜："你怎么把我送你的 Molly 拿出来给他看？他真是你老同学？"

张俪娜无奈解释："真是我初中的同学，临镇中学。"

小巩抱着灰尘从卧室出来，冷笑说："你是娜娜的前男友，不是现任。别说是老同学，人家两个人就算在一起，和你这个前任有什么关系？"

斯文前男友薛浩辰一愣，气笑："好好好，打扰你们了！那我走！"

小巩忙接话："那不然呢？"

小巩看热闹不嫌事大，我忙说："真的就是同学关系，过来帮忙清理一些物品的。"

薛浩辰哼了一声不再理我俩，转头对张俪娜说："娜娜，你把 Molly 隐藏款还给我，那个东西……对我很重要……还给我，我就再也不来纠缠你了。"

嗯？我和小巩面面相觑。好家伙闹了半天原来是上门要东西来了？

小巩倒是不客气："呸！渣男！"

我心想这东西透着古怪，可不能随便给出去。忙说："这个手办刚刚张俪娜已经转卖给我了。"

张俪娜会意，忙点了点头。斯文前男友看着桌上的盒子，又看了看我，忽然涨红了脸，怒气冲冲说："我不管！还给我！别的可以不计较，这个你得还给我！"

"哎哟，我这暴脾气。"小巩炸毛了，放下灰尘拿出手机说，"我倒数十个数，你不走我就喊警察来。十，九，八……"

张俪娜前男友脸色一阵青一阵红，犹豫了片刻，终于冲我们撂下一句："你给我等着！"转身离开了。

张俪娜哭笑不得，小巩则安慰她："谁还没个眼瞎的时候，下一个更好。"

我则盯着那个装手办的盒子，陷入了沉思。

虽说限量款肯定是比较贵，但薛浩辰的表现是不是过了点？犯得着专门上门要一回吗？

3　手办里藏着块人皮

薛浩辰这一通闹，张俪娜最近积攒的满心疲惫一股脑涌了上来。小巩陪着她去了闺密小小家休息，我则带着这个古怪手办，从张俪娜家直接打车去了长影厂。

我弟弟刘米上学时候是个二次元宅，但是人穷买不起手办。毕业后有了补偿心理，每个月抠抠搜搜挣那么点钱不少都花在了这点爱好上，家里摆了一屋子的大小手办。所以说起手办和潮流玩具，他比我专业得多。

下车后走进长影广场，绕过一个文艺腔调拉满的长影咖啡，就看到一个小小的影视道具工作室，也是刘米现在上班的地方。

这工作室是赊刀人李家的产业，由李老头的孙女李星雨经营着。不过长影厂近年来业务惨淡，道具制作的行当也没什么业务。刘米加入后，折腾了一圈，又拉着他年轻貌美的雇主李星雨搞起了什么潮流创意玩具定制加直播带货的业务，生意又火了起来。

我走进工作室，刘米和李星雨两人正在里边忙活，看到我，齐齐过来招呼。

解释了来意后，我拿出了装手办的盒子递给刘米。他接过盒子打开一看，惊讶说："这款很难买啊，全国限量的，长安有的不超过五十个。"

我问："这东西能追查来源吗？"

刘米说："这种限量款要查来源很简单，可以直接拿着去直营店问问，这类特殊款为了防止售后问题一般都有货码留存的，等等，你这个不对啊……"

我忙问怎么了。刘米把手办拿在手上左手换右手地挨个掂了掂才说："这是个祖国版啊！"

"什么版？"我一下没反应过来。

刘米说："说白了就是盗版，不是品牌方的厂家生产的，是有人照着模型图仿做的。不过做工这么精致的仿制版我还真没见过。做这玩意儿的人是个高手啊！我刚都没看出来。"

仿的？难怪他着急要回去。这是怕露馅？

刘米接着说："这个比正版的稍微轻巧一些，我猜这里边可能是中空的，你可以拆开看看。"

我一怔，这东西手感沉重光滑，导致我不知不觉先入为主，从没想过有中空的可能性。

　　说干就干，这工作室里工具齐全，我拿了手工锯三下五除二就把这手办的头拆了下来。

　　头掉下来，露出了几根细细的电线和一个黑色的小小的电子仪器。是一个小小的针孔摄像头。

　　望着桌上的细碎零件，一股恶寒涌上我的心头。那个薛浩辰应该是在追张俪娜的时候，就有预谋了。他找人定做了这个带微型摄像头的手办送给了张俪娜。两人相处的时间不短，这手办就堂而皇之地一直摆在张俪娜家的架子上。

　　难怪薛浩辰着急联系张俪娜要回手办，甚至上门讨要，原来是怕摄像头的事败露。这么说来，张俪娜会被蜱虫叮咬起红斑，难道也是薛浩辰为了报复张俪娜和他分手？

　　想起他那个斯斯文文的样子，我一阵犯恶心。我少年时暗恋过的姑娘就找了这么个货色？

　　收拾好东西从长影厂出来，我打电话给小巩说了手办里的东西。小巩气得非要去暴揍渣男。我劝住小巩，让她回工作室给手办做个详细的内部扫描。挂了电话后，我赶忙喊了个跑腿送货，将收拾好的手办零部件都送去了工作室。

　　做完这些事后，我又独自返回张俪娜的房子附近，找了个凉快的小吃店坐下。

　　没多一会儿，小巩的电话打了过来。

　　电话里的小巩狠声说道："八斗！那人不是渣男！那是个杀人犯！"

　　我一愣，电话里传来小巩解释的声音："那个手办身体部分有个小孔，里边藏着东西，我挖出来后检查了下，那是一块巴掌大的人皮！女性，年龄不超过三十岁！"

手办里藏着一块人皮？

联想到张俪娜的遭遇，我头皮一炸，终于意识到这是什么。

"是魔镇术。"我说，"这个手办被做成了下咒用的压胜物，目的就是让主人家宅不宁、厄运缠身。"

魔镇术又叫压胜术，是上古时代传下来的一种诅咒他人的巫术，核心是利用一些物品的特殊性去诅咒、镇压他人。最为人熟知的古代修桥建梁时所用的"打生桩"也是魔镇术的一种。魔镇术伴随着中国几千年的巫道邪术发展，在历史上出现过无数次。清朝乾隆年间，曾发生过一次席卷全国的妖术大恐慌。之后皇帝大肆收拢销毁流传于民间的巫术、妖术书籍。之后这种巫术就很少出现了。

可薛浩辰一个平平无奇的都市渣男，怎么会知道古代邪术？他又是怎么掐好时间在七月十五那晚发动咒术的？

电话里的小巩说："怎么会有这么恶毒的人啊！气死我了！八斗，你得把这人给我收拾了！"

我说："这事牵扯到命案，得喊警察了，不过咱们得先把事弄清楚，看这魔镇术是哪搞来的，以防害了其他人。"

"我不管！给我弄死渣男！"小巩说着，气呼呼地挂断了电话。

还没超过五秒，小巩的电话又急哄哄打了过来："把我气得都开始忘事了。张俪娜鞋子中发现的小黑粒是孤星蜱的变种，体型比孤星蜱更小，分布区域和孤星蜱基本重合，已经可以确认她身上的红线斑是因为被这种蜱虫叮咬所致。被这种蜱虫叮咬过的人会对一种名为 α-Gal 的特殊半乳糖过敏，说白了就是会对红肉过敏。"

挂了电话后我陷入沉思：这玩意儿和这个魔镇张俪娜的邪术

有什么关系吗？是魇镇术的效果导致蜱虫去叮咬了张俪娜，还是说单纯的巧合？

我拿着电话，翻出刘天雨的联系方式，犹豫了片刻，最终还是决定先等等再说。

一等直到晚上，薛浩辰终于出现，他低着头径直往张俪娜家走去，我悄悄跟上去，看到他摸索半天，从兜里掏出一把钥匙，打开了张俪娜家的门。

他刚要进门，我猛地冲出一撞，把他撞翻在地。

薛浩辰被撞蒙了，挣扎抬头一看是我，当即破口大骂。

我冷笑："要不要我现在就喊警察过来？看看你做了什么事？专门定做一个假手办，就为了给里边放摄像头搞偷窥？你这么恶毒你家里人知道吗？"

薛浩辰一愣，刚想说什么就被我一脚踹了过去。

我一边踹一边说："说，你从哪知道的魇镇术？还有没有诅咒其他人？不说你就等着坐牢吧！"

薛浩辰跪在地上连连求饶让我别报警，嘴上说着："我承认是我鬼迷心窍，装了摄像头，但我真没害人啊！你说的什么什么术我真不知道啊！"

我再三逼问，甚至拿出手机佯装要报警了，薛浩辰依然坚称不知道什么咒术。

难道我猜错了？他是真不知道？

我转而问他："那你这手办从哪儿买的？"

薛浩辰哭丧着脸问："我说了你是不是就不报警了？"

我看着他就来气，忍不住再次踹了他几脚。薛浩辰缩在角落里，连连摆手："我说我说，是我一发小定做的。他的车间就在草滩那边，他是专门做手办仿制的。我就找他定制了能装摄像头的手办。"

问清那制作人的地址后，我转头正准备走，没几步就看到张俪娜惨白着脸站在楼道拐角处。原来她不知何时已经回来了。

我走过去："听到了？"

张俪娜点点头，眼泪哗地涌了出来，蹲在地上哭了起来。

我也跟着蹲在了地上，望着她耸动的肩膀，笑笑说："好消息是你也没撞鬼，就是被一种蜱虫咬了而已。更好的消息是小巩经常说，男人嘛，下一个会更好。没事儿，啊！"

张俪娜只顾哭，也不知道听到我说的没。过了很久，她才止住哭泣，抬起头深深呼吸了几下，重重点了点头。接着抽抽噎噎地问我："那你说的那个……什么术……"

我安慰她："没事，魇镇术就是封建迷信糟粕而已。和我们扎小人画圈圈诅咒人没啥区别，害不了人的。你放心。"

张俪娜点点头，我顿了顿又说："不过你遇上的这事儿情况特殊，我还得去收拾干净。我得走了，你记着报警啊。"

张俪娜扑哧一声，露出花一样的笑容来："人早都跑没影了，报什么警？"

我一愣，这才发现刚刚哭爹喊娘的薛浩辰早不知跑哪去了。

"那也得报！"

4　鲁班经残卷

草滩在长安的正北方区域，因靠近渭河，附近荒草丛生莽草无数，因此被称为草滩。清朝至"民国"期间，这里是水运码头，也曾非常繁华。中华人民共和国成立后城市经济结构调整，草滩也逐渐荒凉，成为名副其实的"草滩"。后来城建飞速发展，草滩又以靠近长安城区，地价便宜的优势，成为许多广告公司生产车间和印刷厂的集中地。

薛浩辰给的地址，就是草滩的一个花卉市场。

制作魇镇物的人，就在这片花卉市场的某个广告物料制作车间，公司名叫远航广告。

广告公司通宵印刷物料很常见，所以虽然是深夜了，但还是能看到花卉市场里很多二楼的窗户中亮着光。我悄悄进了市场，顺着灯光一一找去，很快看到了"远航广告"的店招字样。我绕过这个店招，穿过昏暗的楼梯上了二楼，正看到凌乱的车间内几个工人在忙着干活。

"你好？"我主动出声，专心干活的两个工人被吓了一跳，扭头问："你找谁？"

言语间充满戒备心理。

我咳嗽两声，背起手左看右看，走进了车间："我找李航，让你们老板出来！"

几个工人面面相觑，一个年纪不过十五六的少年出声："我们老板不在。"

"不在？"我加重语气，怒气冲冲，"他欠我的钱是不准备还了吗？这么晚了还在干活，你们生意不错啊！有钱不给结款吗？啊？我今天就在这儿不走了！什么时候李航把钱给我还了，我什么时候走！"

工人们一听我是来要账的，慌忙躲开。我心里暗喜，知道有戏。

广告制作行业的押款周期长，经常会有甲方不给广告公司结款，广告公司也就没法给物料商结款的事。再联想到李航不惜违法也要私下制作假手办兜售，我料定他现在公司经营上出了问题。那么出现几个讨债的人就很合理了。

只是没想到他们的老板不在。装就装到底，我索性拉了个板凳，拦在他们和车床之间，一屁股坐了上去。

"老板真不在，你这样我们没法干活了。"工人们无奈，"你要账找老板啊，我们就是几个临时工，天亮活儿交不出去我们就白干了。"

我假意冷哼："我也不为难你们，这大半夜的我找到这里，也是因为不知道他家在哪儿。这样，你们谁给我说一下他家的地址，我这就走！不耽搁你们干活！我上他家里堵他去！"

几个工人相互看看，最终一个年纪稍大的工人说："李总自己有个工作室，他平时就住在那儿，你去那边找找他吧。不远，就这花卉市场出去往东几百米的地方。"

我满意地点点头，刚站起身，就听到身后传来说话声："你是谁？"

我回头看去，一个身穿黑色体恤，体格高挑瘦削稍显秃顶的中年男子站在门口。

"李航李总是吧？"我忙迎上去说，"李总您好您好，我叫刘八斗，薛浩辰介绍我来的。"

"薛浩辰？"李航一脸惊讶，"那王八蛋让你来找我干什么？"

我试探性问他："这不是听说您手艺高超，做的东西以假乱真嘛。"

李航眉毛一挑，截断我的话："哦哦，咱们办公室里聊，请！"

屁股刚坐定，李航给我递了根烟，点上，随即满脸堆笑问我："您是想做什么手办？要有特殊功能的还是什么全球限量款？"

我吐出一口烟，盯着李航说："薛浩辰没联系你？"

李航摇摇头："我这里的规矩，钱货两讫，我也只和他合作过一次而已。"

我点点头，盯着他说："我要做一个有特殊功能的。"

李航一脸淫笑，问："我懂我懂，你是要装摄像头，还是窃听器？"

我笑笑，盯着他说："要压胜的，让仇家家宅不宁，破财损身。我要魔镇术。"

李航一愣，似没听清："什么？"

我说："别装了，你卖给薛浩辰的那个手办里挖出来一块年轻女性的人皮，你做手办的时候把那手办做成了魔镇物，这事警察已经介入，你和薛浩辰谁也跑不了。"

李航一听大惊失色，慌忙摆手："不是我不是我，是薛浩辰要求的！是他非要我把尸皮藏在手办里的！是他要弄什么邪术！和我没关系啊！"

我问："那块人皮从哪来的？"

李航慌乱解释："是薛浩辰拿来的！那人是个神经病！他定做那个手办的时候，非要求把一块皮塞进手办娃娃的肚子里，在眼睛装上摄影头，都是他，都是他！他有什么邪术的笔记，我怕被他……我没法子，就只能把……"

李航正说着，突然身体一滞，口鼻流出鲜血来。

我一怔，赶忙上前扶着李航不让他摔倒。

"……不是……我……被骗……"李航双手捂着脖子，血色上涌憋得他满脸通红。

"叫救护车！"我冲外边工人大喊，"你们老板心梗了！"

办公室外响起一阵骚动。

李航剧烈地喘着气，艰难地说："工作室……工作室……我被……"随即身体一软，昏迷过去。

我脑子一乱，无数问题涌出：工作室？那有什么秘密？

李航怎么会突然中招的？他来这之前见过谁？是薛浩辰下的手吗？

我从李航身上摸出钥匙，站起身一边往外走一边对几个工人喊："别动你们老板，等救护车！"

说着狂奔出门，一边直奔李航的工作室，一边给刘天雨打电话："喂喂！刘局长！我在草滩花卉市场的远航广告！紧急情况，可能有命案，凶手叫薛浩辰！"

挂了电话，我朝李航的工作室跑去。

说是工作室，不过是栋简陋的改造平房，正屋内有张书桌，桌上放着小型模具、涂色笔刷、墨镜，以及一堆乱七八糟的道具和原材料，我想假手办应该都是在这里做出来的。

桌上的书架里有无数设计图纸和一些知名潮玩 IP 的模型图，我从其间翻出了他用于设计草图的笔记本，翻了几页便看到了张俪娜那个手办模型的图纸，旁边赫然潦草地写着几个字：鲁班经残卷。后边密密麻麻写着无数的涂鸦文字和注解。

我恍然大悟：当世流传的《鲁班经》内容残缺不齐，一直有说法是《鲁班经》遗失的那部分记载了各类邪术和巫术。想来可能是薛浩辰无意间得到了《鲁班经》残卷，但是他又不懂手工，于是利用李航，将残卷中记载的魇镇术通过手办进行了复刻。

只是手办中的尸皮是从哪来的呢？

我仔细翻了翻桌上的东西，猛然察觉到那副墨镜是女用的。

难道薛浩辰和李航合力杀害了一位年轻女性，来取得制作魇镇物的人皮？

我忍着恶心在工作室里一通翻找，却一无所获。

电话忽然响起，我一看居然是张俪娜，赶忙接了起来。

"薛浩辰不见了！"张俪娜说，"我报警后警察去他家寻人，刚刚跟我说没找到他。我担心他会报复你。"

什么？我一惊，赶忙往外走，刚走出工作室，忽地感觉后脑勺一阵劲风袭来，我连忙低头闪避，但已经来不及。一阵剧烈的疼痛传来，我感到头脑一阵晕眩，再也站立不住摔倒在地上。

一个黑影从我眼前闪过，天旋地转，我努力想要站起来，但还是眼前一黑昏了过去。

再醒来的时候，我躺在医院的床上，小巩正坐在一旁玩手机。

"醒啦？"

我感到后脑勺一阵阵地疼，忍不住龇牙咧嘴。

小巩说："那渣男真是个狠人，照后脑勺一棍子，这地方受伤可真是和阎王爷走亲戚。要不是张俪娜，你估计等不到送医院了，躺一晚上血都流干了。"

我感到一阵阵后怕，问："我被薛浩辰偷袭了？张俪娜呢？"

"哟？这么关心她呀？放心，警察喊去问话还没回来。"小巩说，"薛浩辰嘛，这渣男涉嫌杀人、偷拍、恶意袭击，警察已经在搜查薛浩辰了。哦，对了，我查出这个魔镇术的原理了。"

我忙坐直了身子，小巩说："简单来说就是，那块尸皮更像是一块培养皿，上边遍布了变种孤星蟀的虫卵。某些特殊的条件下这些虫卵受到刺激，就会开始孵化。出于生物本能，先孵化出的成虫会去追寻那个刺激它们觉醒的来源，标记后释放信息素，让整体种群迁徙过来，最终害死宿主。"

我感到一阵阵恶寒："所以应该是那晚张俪娜鞋上沾染了纸钱灰烬的气味，加上其他一些偶然因素的刺激，导致这些虫卵受到某种信息素刺激，开始觉醒孵化。张俪娜会被叮咬其实是被这个虫巢标记了，手办会移动也是里边的变种孤星蟀在快速孵化的原因？"

魔镇尸

小巩点点头，说："与其说是什么魇镇术，我倒是觉着这玩意儿更像蛊术了。普通的魇镇术可不会这么暴烈，一般也不会主动杀人。"

杀人？我一惊，忙问："李航死了？"

小巩点点头说："送医院后没来得及抢救就死了，那些工人还以为是你要债逼死的呢！"

我苦笑，心想只怕薛浩辰告诉我李航的信息时，就已经打算杀人灭口了。杀了李航让我洗不清嫌疑，他也顺势和魇镇术的事彻底撇清了关系。没有杀人的证据，偷拍最多罚款、拘留几个月，出来后万事大吉。

可是他需要做得这么绝吗？

我脑子一顿，李航工作室桌上的墨镜忽然自脑海中浮出。

一个念头突然冒起：不对，李航根本不是薛浩辰杀的。

小巩一脸惊奇，我解释说："站在薛浩辰的角度，他现在最多是偷拍实锤，但手办的设计制作交货，整个都是李航进行的。薛浩辰大可推个干净装作不知，还没紧迫到需要杀人的地步。更何况那晚我见李航的时候，他根本不知道我是谁，如果真是薛浩辰去找了他，俩人提前串个口供应付我不是更靠谱？杀了人事情闹大了对薛浩辰根本一点儿好处都没有。"

小巩琢磨了片刻说："好像是啊。"

我回忆着工作室里见到的一切，沉思说："还有个疑点，工作室里有一副女士墨镜。"

小巩说："墨镜？这么热的天很常见的。"

我摇摇头说："工作室很乱，是那种根本没有女性会去的乱。一开始我怀疑那副墨镜是死者的，但回头想，墨镜太干净了，和工作室格格不入。显然，是有人落在那里的。"

李航已死，薛浩辰下落不明，尸皮的来源还不知道，有个未知的女性那晚去过甚至见过李航。

　　那魇镇术到底是谁布下的？是谁要害张俪娜？又为什么呢？

　　我隐隐有不好的预感。

　　电话响起，一旁的小巩拿出电话："喂？"

　　我扭头看向她，只见小巩一边"嗯嗯没问题"一边脸越拉越长。

　　挂了电话，小巩铁青着脸说："刘天雨刚刚在电话里说，他们在李航的工作室找到了材料购买的记录，按照材料推测，当作手办卖出去的魇镇物总共有三十几个，张俪娜的那个只是其中一个。"

5　后备箱里的女尸

　　一千万人口的大城市，三十多个魇镇物，三十多块女性尸皮。这怎么找？

　　我的脑袋一阵发胀，不住回想挨棍子前的细节：

　　李航生前最后的几句话都在说是薛浩辰逼迫他做的。做一个是被逼的，三十几个怎么可能是被逼的？

　　只有一种可能：李航对我根本没说一句实话。他早知道我要来，早就准备把所有事全推给薛浩辰。薛浩辰呢，他只是不知情的买家之一，还是也参与其中了？

　　可如果不是薛浩辰，杀害李航的又是谁呢？

　　我后知后觉地想到，潮玩手办多是年轻女孩在玩，李航能暗地里做起这宗生意，很可能是有个女性中间人在帮他介绍手办仿制的业务，工作室里那副落下的墨镜也是这个中间人的。

魔镇尸

会是这个中间人杀的李航吗？偷袭我的人到底是薛浩辰还是这个中间人呢？

我再也坐不住了，一边起身穿衣服一边说："咱们得找到这个女人！如果她和李航的生意有来往的话，能查到交易记录，我们或许可以用出货记录找到买家信息。"

小巩问："去哪找？这没头没尾的。薛浩辰就不管了？"

我说："警方找人比咱们靠谱，咱们还是优先解决魇镇术的问题。"

小巩点点头，说："虽然还没检测，不过我觉得所有用作魇镇术施咒的三十多块女性人皮，应该来自同一人。不然失踪这么多年轻姑娘，早上热搜了。"

"有道理。"我边往外走边说，"李航的工作室里没找到什么女性尸体，我估计他也是考虑，做盗版要是有一天事发被查，不至于牵连上命案。那么用于制作魇镇物的尸体肯定藏在了其他……"

我话没说完，刚出门就迎面撞上一个身影，我扶着发胀的脑袋一看，正是张俪娜。

"怎么起来了？"张俪娜问我，"医生说你脑震荡得多休息。"

我脑瓜子嗡嗡回响，一旁的小巩帮忙解释说："事情还没完呢，还有人和你一样，被魇镇术诅咒了。警察找出交易记录，李航制作了三十多个藏有尸皮的手办。"

张俪娜惊讶地问："那这……这怎么办？"

小巩摇摇头看向我，我叹了口气，说："只能先去李航家看看了。"

我们三人一车直奔李航家。我被工人们传成了"逼死李航的讨债人"，怕上门被打，所以只让小巩和张俪娜以同事的名义去了李航家，我自己则在小区门口等他们。

我坐在小区门口的小吃摊上东张西望，一个身影忽然在小区门口闪过。我一怔，居然是前一晚李航公司的那个小工。

我赶忙追上去拦住这个黑黑瘦瘦的少年："你在这鬼鬼祟祟躲什么？"

黑瘦少年梗着脖子，似乎要发火，开口却结结巴巴："我想过来看看……看看……倒是你！你逼死了老板，怎么还上门来要债来了？"

我越看这少年神色越感觉不对，问："看看？看什么？你们李总的遗体还在医院没领回来呢！你还好意思问我？"

少年低下头不说话了。我盯着他忽然问："是不是李总交代过你什么？"

"我……"小伙子吞吞吐吐不说话。我抬头一瞥正见到小巩一人从小区走出来，我一个眼神递过去，她会意，过来直接一把将少年揽过去，勾着他的脖子压低声音悄悄问少年："你们也不想丢工作对不对？"

少年一惊，嘀嘀咕咕说着什么。小巩威逼利诱大话连篇，终于套出实情：

原来李航生前暗中交代少年，以每月五百块的酬劳，让少年每月去小区东侧楼上的608屋子，给一个牌位上炷香。条件是不能给任何人说起这事。如今李航突然死亡，没人给他发工资了，少年不知道这事该怎么办，这才悄悄来到李航家想问问消息。

牌位？上香？我长舒口气，这下可真是踏破铁鞋无觅处。

小巩说张俪娜去了洗手间。我等不及，给张俪娜发了短信说明情况后，和小巩急匆匆朝这屋子奔去。

屋门打开，空荡荡的客厅里窗帘紧紧拉着，昏暗的光线里只有一张供桌，上边端端正正摆放着一个牌位和香炉。供品盘里空空荡荡，放着一些细碎纸屑。

牌位上虽然一字没写，但想来肯定是那个被无辜杀害，皮肤被做成魔镇物材料的可怜女孩。

我走近一看，发现供品盘里的纸屑，居然是工作室里消失的设计图纸。

我忍不住皱眉：除了李航安排的那黑小子外，还有人来过这里。是那个不知身份的中间人，还是下落不明的薛浩辰？

转入卧室，里面没有床，只有一个巨大的冰柜。看到冰柜通着电，我忽然有些不敢打开。

我深吸了口气，揭开了冰柜的门。

冰柜里空空如也。我伸手刮下来一点冰柜壁面上结的霜，发现一抹淡淡的殷红被冻在冰里。

小巩问我："我们扑空了？"

我叹了口气，告诉她："不管《鲁班经》残卷是哪来的，总而言之，为了魔镇术，李航杀害了一个年轻女孩，并且将其藏在了这个冰柜里。要不是张俪娜无意间激活了咒术，机缘巧合找到了咱们，这个秘密还不知道会被藏多久。"

小巩叹了口气："都是王八蛋，那个不知身份的中间人也是。"

空气闷闷的，一股说不出来的压抑感让我倍感难受。

我拿出手机，给刘天雨打电话说了这儿的情况后，锁上门和小巩一起离开。

走到小区门口，张俪娜居然不在。电话打不通，小巩又跑去公厕找了一圈，也不在。

我俩对视一眼，不祥的感觉忽然自心底升起。我忙跑去小区门口的几家店里，挨家挨户问，终于听开便利店的大叔说，看到了张俪娜坐上了一辆白色 SUV 离开了。

我顿时感到头大。电话突然响起，我看到是个陌生号码，接起后是一个细声细气的女孩带着哭腔直叫唤："喂喂！你好，是八斗老师吗？我是小小！娜娜，娜娜出事了！是薛浩辰！他绑走了娜娜！"

我忙问详情，小小说："娜娜之前收到了薛浩辰的短信，里边是薛浩辰偷拍的娜娜的照片和视频，并威胁我们不让报警，说是一旦报警这些东西就会全网发布让娜娜'社死'。她……她因为你受伤感到很内疚，就让我帮她隐瞒，她说这事她要自己解决。"

小巩气得牙痒痒："只要他还用电子设备，我非找出来这个狗东西扒皮抽筋！"

说着，小巩气呼呼冲向车里，拿出电脑，不管不顾开始侵入附近的信号基站，定位张俪娜的手机。

"八斗！上车！"电话里小小还没说完前因后果，车里小巩已经定位到了信号，她高喊，"他们往渭南去了，还没出城！咱们追！"

我赶忙上车，一脚油门踩到底，追了上去。

我一边开车一边听小巩在啪啪啪飞速敲着电脑，嘀咕着："想从你巩奶奶手里逃走？！给你来点儿红灯！给你加段堵车……给你……"

这么一会儿的工夫，她居然又黑进了交通系统。

我慌忙喊："小巩你悠着点儿啊！犯法的！"

但说归说，靠着小巩的微操，我一路飞驰路况良好，甚至红灯都没遇上几个，开了不过二十分钟，终于在一条城乡水泥路间看到了那辆白色 SUV。

"追！"小巩大喊，我把油门踩到底迎头赶上，两辆车在路上开始角逐。

白色 SUV 不管不顾地蒙头前行，我想把车头别上去，又生怕车开得太快一打转直接翻车。

"撞他呀！别孬！"小巩怒吼，"马老板的车你心疼啥？"

我把心一横，方向盘一摆撞了上去。

剧烈的撞击声中，白色 SUV 左右摇摆，终于失去控制原地打转，撞在路旁的树上停了下来。

我被撞得头晕眼花，一股温热从后脑勺流到脖子上，痒痒的，我伸手抹了一把，都是血。我扭头看去，小巩已经下车，朝着白色 SUV 走去。我赶忙下车跟上。

白色 SUV 被撞得彻底变形，我晃着步子勉强走到车跟前，车后座的张俪娜昏了过去，看不清伤势。司机位置的薛浩辰正趴在方向盘上，脑袋变形，也没了知觉。

我和小巩忙着救人，报警，打 120。

把张俪娜和薛浩辰拉出来放在路旁的平地上，坐在一旁等待救援时，我看到后备箱变形被顶开，走过去一看，后备箱内有个巨大的透明密封袋，里边轮廓清晰地放着一具女性裸尸，尸体身上的皮肤横七竖八有无数划痕，露出触目惊心的斑斑血红。

即便早有心理准备，我还是脑袋一热，身子一软，坐倒在地。

小巩走过来扶起我，看了眼后备箱里，问我："尸体怎么在这儿？中间人是薛浩辰？"

我摇摇头，也陷入了混乱：难道根本没有什么中间人？从头至尾就是薛浩辰和李航俩王八蛋？

小巩想了想说："好像说得通，那晚袭击你的人就是薛浩辰，他赶在你之前跑去工作室找李航，花言巧语骗李航说自己一人承担责任，让他去办公室见你可以推个干净。其实他已经准备好暗中下手，杀人嫁祸，再之后就是埋伏在工作室等你来了，再把你也弄死。"

我身体沉重意识模糊，只得摇摇头："我不知道，我还以为中间人是女性。"

小巩摆摆手："中间人是女性这个从头到尾也只是你的猜测罢了，那墨镜也说不定是李航家人的呢。"

我沉默。

大概半小时后，刘天雨带队来了，他拍拍我的肩膀说："剩下的交给我。"

说着将我们一股脑赶去救护车上治疗。

上救护车的时候，刘天雨看了一眼小巩，冷笑说："下次再这样，我直接把你铐了，拎到交通局去！"

小巩尴尬笑笑。

车开动了，救护车上，我望着躺在担架上的张俪娜，突然想起初中时候，我们俩中间隔着一张课桌，我伸头看她的时候，也是差不多这样的角度，这样的侧脸。

片刻后，一阵酸痛传到大脑，我也昏昏沉沉睡了过去。

6　完美受害人

隔天，躺在病床上的我接到了刘天雨的电话。

刘天雨说："后备箱里的尸体是两年前失踪的女大学生，也是薛浩辰大学时期的女朋友。女孩是在长安留学的泰国华裔，父母都不在国内，加上当时正赶上暑假，女孩给父母说和朋友去云南旅游，所以学校和家里不知道女孩失踪，等发觉失联后已经过了最佳搜救期，就此成了悬案。

"根据李航租的房子和工作室里搜出来的东西推测，整个事情起因应该是薛浩辰找到李航，想定制带偷窥功能的潮流玩具，以满足他的偷窥欲。李航当时正在研究古代邪术，便提出条件，让薛浩辰帮他找年轻女性的皮肤，他就给薛浩辰制作手办。薛浩辰为了达成目的，借口去云南旅游，暗中杀害了这个女学生。

　　"获得人皮后两人合谋，薛浩辰当中间人，李航负责定制，两人利用魇镇术，明着做玩具定制，暗地里给一些人售卖魇镇物。

　　"之后在手办制作的过程中，李航不知出于什么目的，当然也有可能是薛浩辰要求的，总之两人把送给张俪娜的那个手办也做成了魇镇物，这才让整件事露了馅。截至案发，两人合谋共卖出手办有三十多个。哦对了，我们的人在车座椅缝隙里找到了记载交易记录的笔记本，也佐证了薛浩辰就是这个买卖之间的中间人。我们这边已经结案了，有问题的手办也在陆续追回中了。"

　　我感慨："你说这帮缺德玩意儿，卖这个干什么？"

　　刘天雨冷冷一笑："人心嘛，盼别人发财没几个，但盼别人钱财散尽、家宅不宁的人可一点儿都不少，据说有几个还卖了大价钱。"

　　我心底生出一股寒意，转而问："我在李航工作室里看到的那副女士墨镜怎么说？还有，薛浩辰真是中间人的话，怎么这么轻易就供出了李航的存在？他就没动一点儿撒谎的心思，把自己择干净？"

　　刘天雨在电话里咳咳两声，说："这又不是推理小说，我们办案讲的是证据，不是推理和臆测。墨镜万一是李航自己带过去的呢？还有，如果薛浩辰在告诉你李航的存在时，就打定主意弄死李航让你背锅，他不就可以是个无知买家了？一个偷拍能定多大罪？行了，要不是我，你小子现在还蹲在里边配合我们调查李航身亡的案子呢！不废话了，这事到此为止。你小子有空的话，就想想看怎么找到《鲁班经》残卷，所有和李航有关的地方都搜不着，你们也发挥发挥能力，别让那玩意儿再祸害人了。"

说着挂断了电话。

我丢下手机，躺在病床上望着天花板，思绪万千。

难道真是我多想了？

从发现偷拍开始，到魇镇术，再到李航猝死，之后牵扯出隐藏的女学生被害案，这才将薛浩辰绳之以法，一切才被揭露，而起因居然是张俪娜发的一通酒疯。

我越想越不对，越想越别扭，总感觉自己漏掉了什么。

难道真的只是冥冥中自有天意？想到这里，我忽然有些想去隔壁病房看看仍在昏迷中的张俪娜。

我起身下床，踩着拖鞋走到隔壁病房，看守的警卫都认识，我打了个招呼就进了病房。

张俪娜脸色苍白眉头紧皱，似乎仍陷在什么噩梦里一样。

我坐在床边，看着她清丽的面容，突然觉得莫名有些尴尬，一时不知道说什么好。

门忽然开了，我回头一看，一个短发，身穿吊带衫牛仔短裤的靓丽女孩走了进来。

"您是……八斗老师？"女孩看到我一愣，然后激动起来，忙说，"我是文小小，咱们通过电话，要不是你，娜娜可就……可就……谢谢，谢谢你……"

我连忙客气几声。

文小小热情地给我递水果问我伤势，搞得我有些不好意思。她看到我脑袋上包得鼓鼓的纱布，啧啧有声赞叹着："八斗老师为了我们娜娜真是辛苦了。"

我开玩笑说："对啊！我后脑勺挨了一棍，隔天还能下地到处跑，还追车，简直可以说是史泰龙附体。"

文小小也捧我的场，拱手夸张赞道："英雄虎胆当代豪侠，飞车拿下鼠辈渣男，受害苦主终得昭雪！"

我摆摆手："不敢当不敢当，夸张了夸张了。"

病床上张俪娜突然咳了几声，醒了过来。

"娜娜！"小小惊喜地上前扶着张俪娜坐起来。张俪娜冲我不好意思地笑笑，转头捏了捏小小的手，说："我和老同学说几句话。"

小小夸张地"哦"了一声，然后边走边一脸怪笑："我不打扰你们二人世界啦！"

说着哒哒走了出去。

门关上后，病房内陷入了长久的沉默。

终于，还是她先开口："你恢复得怎么样？"

我没有回答她的问题，而是问她："你记不记得上学的时候，咱俩传纸条中间要传几个人？"

我抬起头，看到张俪娜灿烂的笑容："记不清了。你从小就记性好，一定记得吧？"

我低下头，没有勇气再看她。

再次沉默许久，张俪娜突然问："是不是小小说漏嘴了？"

我闷闷地"嗯"了一声，随即抱怨："哪来的什么受害苦主，案子都还没对外公布呢！"

张俪娜笑笑，也不否认："万一是警察告诉她的呢？"

我摇摇头，不再继续这个话题，自顾自说："其实之前我就老觉得不对，刚刚躺在病床上，我怎么也没法说服自己，但是小小的话点醒了我，这一切，其实还有一种可能性能说得通。"

张俪娜不说话，只看着我。

我继续说："我感觉到不对劲的地方有两点。其一，就是后脑勺挨的这一下。细想的话，如果真是一个成年男性从背后偷袭，还打到后脑，我就算不死，这会儿也应该还躺在床上。但实际上我受到的伤害要小很多。这事只有两种可能，要么是袭击我的人手下留情，要么就是凶手大概率是个女性。联想到我怎么也没法解释的女士墨镜，我更倾向于后者。

"还有就是这里边最大的一个矛盾点：刘天雨说那些手办打着诅咒人的名义售出卖了高价，可是挣的钱去哪儿了？薛浩辰且不说，如果李航真的靠这个发了小财，根本不缺钱的话，那晚我去找他时，假装讨债应该当即就被拆穿才对。"

张俪娜点头附和说："原来如此。"

我看着张俪娜问："小小才是那个隐藏在李航身后的中间人对不对？所有的一切都是你和小小一起做的是不是？"

张俪娜好整以暇地望着我，忽然笑了起来："八斗，你怎么不去当编剧，写出来的电视剧一定好看！"

我叹了口气说："完美受害人的把戏太多了，以至于我根本不敢相信生活中会遇上这样的事情。"

张俪娜重新躺了回去，慢悠悠说："那你打算怎么办？"

我摇摇头："我还没想好。"

张俪娜扭头望向我："其实做魇镇物的尸皮还有一块，藏在了薛浩辰的肚子里。血腥气一激，虫卵已经孵化，一旦解剖验尸，无数变种孤星蝉成虫会迅速飞出，遍布整个长安，成为长安有史以来最大的外来物种入侵事件。"

我惊得说不出话来。

张俪娜望向天花板，说："薛浩辰那王八蛋把我的娜娜做成了魇镇尸，我要他也变成魇镇尸，生不能安稳，死不能全尸。"

我赶忙站起身往外冲，一边喊门外警察："快快快联系你们队长！告诉他薛浩辰不能验尸！"

说着拉开门冲了出去，但门外的警察不知为何不见踪影，我赶忙跑回自己的病房拿手机。拿起来后急忙给刘天雨打过去。

嘟……嘟……嘟……电话不通。

我哆嗦着继续打，继续拨，良久，刘天雨终于接起电话："什么事？忙着呢！我刚发现……"

我打断他的话说："薛浩辰不能验尸！里边还藏着东西！"

"你的消息怎么这么快？"刘天雨好奇，"我这儿刚拿到验尸报告。"

"验完啦？"我一愣，"没出什么事吧？"

刘天雨不满地说："废话，这么大的案子不得通宵干活出结果啊！对了，我们从薛浩辰的尸体里找到了一块尸皮，化验确认也是那个女尸的。还有件怪事，法医推测的薛浩辰死亡时间，比车祸发生的时间还早了三十分钟，你说奇怪不奇怪……"

后边的话我没听到，我拿着手机急急跑回张俪娜的病房时，病床上已经空了。

我木木地走到病床前坐下，一时间不知该怎么办才好。

之后无论是文小小还是张俪娜，都彻底消失了。

我试着联系以前的初中同学和老师，但都说不清张俪娜的下落，只有一个同学说好像以前听谁提起过，张俪娜全家早就移民到泰国去了。

至于文小小，干脆是个假名字查无此人。

最终李航被判定为意外身故，薛浩辰则被认定为女大学生失踪案的主要嫌犯，在绑架逃亡过程中遭遇车祸身亡。案件到此算是勉强给画上了个句号。

7 张俪娜的信

一个月之后的某天，刚出院没几天的我在工作室的椅子上撸猫，灰尘趴在我的腿上舒服地打着呼噜。

小巩唰的一声闯进来，吓得正在打盹的灰尘咻地蹿没了影。

我无奈对小巩说："你就不能别吓灰尘。"

小巩不满："这大热天我帮你取快递你还不感谢我？"

"我的包裹？"

小巩不满地递给我一个快递盒子。一边嘟囔着自己的快递怎么还没到，一边转头去喊灰尘出来玩。

拆开快递外包装，里面是一个破旧的灰色纸盒，灰色包装的包裹上只写着"八斗收"三个字，我心底咯噔一声。

打开盒子，出现的是被一张破牛皮纸包着的几页古书残片，正是《鲁班经》残卷。

另外还有一封信，我打开来：

八斗你好：

很抱歉用这种方式和你道别，也很抱歉把你卷入这些事情里来。

可能你还在纠结，自己找不到证据的那些推测到底该不该告诉警察。但其实这些已经不重要了。

世界上有两个娜娜，一个娜娜已经死了，另一个娜娜也没必要存在了。

所幸有你的帮助，我终于让杀害娜娜的人付出了代价。

魇镇尸

哦，对了，那晚打你的是小小，但确实是出于我的安排，希望你可不要记恨她哦！

作为赔罪，小小从李航工作室带走的几页《鲁班经》残页送给你了。

不会再见，希望安好！

张俪娜亲笔

被做成魇镇尸的那个泰国华裔留学生，名叫李娜娜。

为了帮李娜娜复仇，这个计划到底准备了多久？她又是怎么说服策反文小小背叛，参与到这疯狂的计划中的呢？

只有张俪娜那个手办里的魇镇术被激发；前男友适时出现引起我的注意；李航正好死在我眼前；被藏好的李娜娜尸身早一步被从冰柜中带走，桌上的供品则是撕碎的模型设计图纸……闹出几条人命，但因为有邪术的存在，不平人会从中斡旋，防止邪术危害社会，最终杀人的事儿就只能以普通社会新闻的程度结案。

"巧合太多了，其实我早该意识到的。"

想起初见时她满脸的惶恐和担忧，我不禁苦笑："要不要这么拼，被孤星蜱叮咬后这辈子可就没法再吃肉了。"

正在陪小巩玩的灰尘突然耳朵一竖，似乎是听懂了"肉"这个词，喵一声蹿到我腿边，冲我连连喵呜。

"知道啦知道啦，这次你也是功臣。"我揉了把灰尘毛茸茸的脑袋说，"值得奖励一个罐头。"

小巩在一旁甩着逗猫棒，连喊："灰尘，灰尘过来！"

但灰尘充耳不闻，只睁着大眼望向我手里的罐头，眼睛忽闪忽闪。

捧读文化
触及身心的阅读

致未来文学
To the Future Literature

出 品 人 张进步　程　碧

责任编辑 徐楚韵
特约编辑 孟令堃
封面插画 李　爻
封面设计 BookDesign Studio
莫意闲书装 QQ:237302112
内文排版 张晓冉